新 潮 文 庫

腰痛放浪記 椅子がこわい

夏 樹 静 子 著

目次

本質推理小説

関川夏央

腰痛放浪記　椅子がこわい

この本を、私に心身の健康を取り戻して下さった
平木英人《ひでと》先生に捧《ささ》げます。

まえがき

（一九九七年三月記）

私は、一九九三年一月から約三年間、原因不明の激しい腰痛と、それに伴う奇怪とさえ感じられるほどの異様な症状や障害に悩まされた。考えられる限りの治療——最後に、どうしても最後まで信じられなかった唯一《ゆいいつ》の正しい治療法に辿《たど》りつくまで——を試みたが、何ひとつ効なく、症状はジリジリと不気味に増悪《ぞうあく》した。私は心身共に苦しみ抜き、疲れ果て、不治の恐怖に脅《おびや》かされて、時には死を頭に浮かべた。

九五年春、発症後二年余りした頃、私はもうほとんど仕事もできなくなって、自分はこの得体の知れぬ病気によって死ぬか、自殺するか、それとも余病を併発して死ぬ（毎日ひどいストレスにさらされているわけなので、その可能性が最も高いと思った）以外にないと考え始めていたから、せめて自分の経験したことをありのまま記録しておこうと心に決めた。世の中には腰痛持ちの人はずいぶん多いと聞くし、腰痛でなくても、どうしても治らない、わけのわからない苦痛を抱えている方も少くないのではないだろうか。私の記録は、もしかしたら誰かの、何かの参考になるかもしれないと思った。

なにぶん、真暗闇《まっくらやみ》で脱出不能の森の中に踏み迷ったような精神状態で、肉体的には坐《すわ》ることもできず、横向きに寝て、ボール紙に貼《は》りつけた原稿用紙に書き綴《つづ》った文章には、今読み返してみると、理解できないくらいにおかしな箇所も多々ある。「この記録は、もしかしたら私の遺書になるかもしれない」という書き出しからして、すでに相当平静を欠いた心境がうかがわれるのだ。

が、ともかくその記録からこの本を始めてみることにする。

第一章　見あげる風景

（一九九五年四月〜五月記）

この記録は、もしかしたら私の遺書になるかもしれないし、あるいはまた、私自身に回生のきっかけを与えてくれるかもわからない。

とりあえず、現在の私の肉体的状況を記してみよう。

毎日毎日、ほとんどの時間、腰の痛みに苛《さいな》まれている。痛みの質や程度は時によってちがうが、腰全体がまるで活火山になったように熱感を伴ってガンガン痛い時や、骨にヒビでも入るようにみしみし、しんしんと痛む時、あるいは尾骶《びてい》骨《こつ》のちょっと上がなんとも頼りない感じでボワッと痛んだり、かと思えばおヘソの真後ろくらいの高い位置が、もう身体《からだ》を支えていられないといわんばかりに怠痛《だるいた》かったり……。

痛みはベッドの中で目覚めた直後から始まる。この頃では朝起床する気力をふるい立たせるまでがなかなか大変なのだが、かといって、ゆっくりベッドに留まっていることも許されない。目覚めた直後から発生する痛みは、背中のあたりまでどんどん増幅して、どうしても寝ている状態に堪えられなくなってくるからだ。

そこでとにかく起き上って、着替えをするが、すると再び痛みが頭をもたげ、加えて背中を立てていることがなんとも怠《だる》くしんどく、まもなくまたそのへんに横になる。今度は不思議に、ベッドの中のように寝ていられないということはないのだが、結局朝から晩まで、ほとんどの時間、身体をエビのように曲げてジッと横たわって堪えている以外に何もできないという日も少くない。どんな鎮痛剤、坐薬《ざやく》も注射も、私には効かない。ほんのいっとき痛みを忘れさせてくれる程度の効果さえないからである。

つぎに、全身が異常に怠くて疲れる。とくに腰から背中にかけて、鉄の甲羅でも貼《は》り付けられたような、あるいは全身が地に吸い寄せられるような、とでもいおうか。そんな時には、部屋の端から端まで、這《は》って行こうかと思ってしまう。

もう一つの大きな障害は、椅子《いす》に腰掛けられないことである。椅子は柔らかいほど嫌で、フワフワのソファなど五分と堪えられない。固くて背もたれと肱《ひじ》掛けのある椅子ならば、背を凭《もた》せかけ、右脚を上にして組む。組んでできた腿《もも》の隙間《すきま》に厚目の文庫本を挟みこんで右脚の支えにする。そういう苦肉の姿勢で精一杯頑張って三、四十分。

それ以上は、腰が圧迫されるような痛みに加え、腰がなんともいえず嫌なつらい感じになって、腰掛けていられなくなってしまう。

正坐のほうがまだ少しましなのだが、これもやはり凭れるものがないと、五分くらいで我慢できなくなる。坐椅子に凭れたり、脇息《きょうそく》に体重を預けるようにして、やっと一時間か一時間半。

では、立っていればいいかといえば、そうもいかない。何にもつかまらずに立っていると、十分ほどでしゃがみこみたくなる。交差点で信号が変わるのを待つ間さえ、なんとなく心許《こころもと》なく、手近な電柱などにそれとなく手をついている。物を買っても、包装してもらう間立って待っているのがいやだ。とにかく身体を縦にしていることが苦痛なのである。

腰掛けられない、坐れないという障害によってどんな不便が生じるかといえば、レストランや喫茶店に入れない。映画、観劇、コンサートなどはまったく無理。旅行もままならない。電車やバスの椅子に掛けていられないのだから、どうしても必要があって移動するさいには、車の後ろのシートに横になって行くほかはない。坐ること自体が苦痛という病人は、親しい人と会食し、お酒でも飲んで、いっとき憂《う》さを晴らすことも許されないのである。

いったい普通の人は朝起きる時、その日一日、縦になって行動することを前提として床を離れるものではないか。ところが私は、一日をほとんど横になって過ごすために毎朝起床しているのである。それでもなお、痛みは容赦なく襲ってくる。

こんな有様では、机に向かってものを書くなど、望むべくもない。なんとしても書かなければならない原稿は、画板のような厚紙に原稿用紙を紙挟みで止め、腹這いか、横向きに寝て書く。

救いといえば、歩けることと、泳げること。激痛の日を除けば、一時間ほど散歩をしたり、医師の勧めでプールへ通う。痛みには程度の波があり、週に一日くらいの割で、痛みが比較的らくな日が訪れてくれる。そんな日は、ソファに横になってホッと息をついている。

今の私の最大の望みは、掛けていることを意識せずに椅子に掛けてみたい。立っていることを苦痛と感じずに、ぼんやりと立ってみたい。ほとんどの人が当り前にやっていることが、私にはただただ羨《うらやま》しいのだ。

そして、なんといっても大部分の時間私の意識を覆《おお》いつくしている、このやりきれない痛みから解放されたい。

——こういう状態が、もう二年余りも続いているのである。

一言に「腰痛」というと、経験のない人は軽く考えやすい。世の中にはもっともっときびしい不幸があるにちがいないけれど、それにしても、これもやはり、一つの地獄ではないだろうか？

とはいえ、発症当初からこれほどひどいわけではなかった。最初は――一九九三年（平成五年）一月のある朝、一つの症状が突然私を襲った。

思い返してみれば、いくつかの前兆はあった。その時点から、もっと運動しておけば、身体を鍛えておけば、と、どれほど切ない痛恨に駆られるかわからない。

私は一九六九年、三十歳で、現在のペンネームで小説を発表し始めた。その頃は結婚して福岡に住んでいた。学生時代から結婚するまでは、東京でテレビドラマのシナリオを書いていたが、結婚後五年間専業主婦をしてから、再び筆をとったわけだった。三十歳で書き始めた時は、二歳とゼロ歳の子供がいた。育児と締め切りに追われ、文字通り目が回るほど忙しかった。その頃夫に、私が使ったあとの歯磨きのチューブの蓋《ふた》がきちんと閉まっていたためしがないといわれたことがある。チューブの蓋を止まるまで回して閉める、その何分の一秒かを無意識に惜しんでいたのであろう。熱い食べ物を飲みこんでは、のべつ口の中に火傷《やけど》をしていた。冷めるまで待っていられなかったのだ。

夫の転勤に伴い、三十七歳で福岡から名古屋へ移った。仕事は急激に増えて、連載小説を何本か抱えるようになった。子供たちは二人とも学校へ入ったし、有能なお手伝いさんにも恵まれて、家事はすっかり彼女に任せた。私は一階と、二階の書斎とを日に数回往復するだけで、ひたすら書くことに没頭した。五分も惜しんで机に向かった。極端な運動不足だった。運動不足の素地は名古屋時代からつくられていたのだろう。

といっても、私は四十一歳からゴルフを習い始めた。運動不足解消のためと口ではいっていたが、真剣にそこまでの意識はなかった。とにかく何か始めるとして、最初ゴルフにしようか剣道にしようかと迷ったのだが、結局より多くの人といっしょに楽しめそうなゴルフを選んだ。もしあの時剣道を選んでいたら今の身体はどうなっていたかと、私はそんなことまで未練たらしく思い返す。

兄と二人兄妹《きょうだい》で、幼い頃からチャンバラで鍛えられていた私は、剣道なら多少才能があったような気もするのだが、不幸にしてゴルフのほうはからきしだったことが、まもなく判明した。週一回練習に通って一年ほどたった頃、夫とその友人とはじめてコースを回った時、夫は私を「天才的にヘタ」と評した。そんなふうでは、一生懸命練習して勇んでコースに出ても、結果は落胆の連続で心傷つくばかりだ。一方、仕事は忙しい。ゴルフに行けば一日潰《つぶ》れてしまう。いきおい、年に二、三回しかラウンドしなかった。これでは運動不足解消にはほど遠いのである。

名古屋でまる九年暮らした。三十代後半から四十代前半の私は、もっとも精力的に仕事をし、自分でも呆《あき》れるほど丈夫だった。風邪一つひかなかったことが、自分の健康を過信させたのかもしれなかった。いっそギックリ腰の一回でもやっていたらよかったのだと、またしても私はせんない悔やみごとを心に浮かべてしまう。

八五年春、四十六歳で福岡へ帰ってきた。下の子が高校に入り、こちらでもお手伝いさんに恵まれたので、家庭での負担はらくになる一方だったから、私は仕事の傍ら、囲碁を習い始めた。私は碁とは何の関わりもない環境に生まれ育ったのだが、不思議に若い頃から碁に憧《あこが》れを抱いていた。いつか自分も碁盤に向かい端然と坐してみたいなどと夢みていた。子供たちの手が離れ、その夢がようやく叶《かな》ったのだった。

アマチュアの高段者に自宅で月三回ほど一から手ほどきして頂き、私はたちまち碁の虜《とりこ》になった。最近になって聞いたところでは、長時間坐って前屈《まえかが》みになり、そのまで思考する囲碁の姿勢も、腰には負担が大きいらしい。

思えば福岡へ帰ってきた頃から、長年の疲れが出たのか、そろそろガタが来たというのか、さまざまの故障や不調が忍び寄る年齢にたち至っていたのかもしれなかった。

その年の夏の初めから、それらがじわりと姿を現わした。

最初は耳鳴り、正確には「頭鳴」が発生した。頭の奥で蟬《せみ》が鳴いているような、あるいは古い蛍光灯が「ジーッ」と鳴っているような音が絶え間なく聞こえ始めた。これでは落着いてものを考えることもできない。私はあわてふためき、耳鼻科、内科、最後には東京・慈恵医大の脳神経外科の診察を受けた。鈴木敬《たかし》教授（当時）とは数年前小説の取材でお近付きになって以来、何かと医学的知識を授けて頂いていた。

脳のCTを撮られたが、異常は発見されなかった。

「何も心配はいりません。気持を大きく持ってふつうの生活をして下さい。必ず解決します」

教授は微笑して答えた。頭の中で姦《かしま》しく蟬が鳴き始めた私は、落着き払った教授のことばを聞いてもまだ気がおかしくなりそうだったが、やがて、三カ月ほどたつ頃から、そのことばの正確さが理解されてきた。頭鳴は二度と消えなかったが、こちらが慣れてしまったのだ。あれから十年もたつ今現在でも、静かな部屋へ行けば「ジーン」とかなりの音が聞こえるが、私は何の痛痒《つうよう》も感じない。教授は決して治るとはいわなかった。慣れることによって解決したのである。人間はどんなことにも慣れるものだと、私はほとんど驚嘆した。

翌八六年九月のある日曜日、私は朝食後から激しい腹痛に見舞われた。寄せたり退《ひ》いたりする痛みはお産の陣痛に似ていた。夕方、家から二キロほど離れた外科病院へ入院し、月曜朝、院長が「腸閉塞《ちょうへいそく》」と診断した。三日目から熱が出て、手術が行われた。

この手術で、実は私は四回目の切腹ということになった。帝王切開による出産が二回。三十四歳で卵巣嚢腫《のうしゅ》の手術を受け、右の卵巣を摘出した。そして四十七歳の腸閉塞。

今度の腰痛で、私はこの四回の開腹手術の既往歴を受診のつど先生に告げた。西洋医学の先生方は、どなたもそのこととの関連をまったくといっていいほど問題にされなかった。それとは反対に、鍼灸《しんきゅう》や整体、カイロプラクティック、漢方などのいわゆる東洋医学の先生方は、ほとんど例外なく、その影響が出ているのだと指摘した。西洋医学では「癌《がん》などでもっと何回もお腹を切っている人だってピンピンしている。ポリサージェリー（多開腹症例）に腰痛の発生率が高いなどという統計は聞いたこともない。今時そんなことを気にしていたら笑われますよ」とまでいい切るドクターもいたし、一方、四回もお腹を切ってしまっていてはもうどうしようもないといわんばかりの漢方医もいた。

ともあれ、私は今回の経験を通して、西洋医学と東洋医学の対照的な違いを、折にふれ、面白いほど知らされた。

腸閉塞も無事に癒《い》えて、八七年の新春、私たちは新築の家に移った。四人家族には比較的大きな洋風の家で、床はほとんど板張りのフローリングだった。

八八年の晩秋から、私は目の疲れと痛みを覚えるようになった。しだいにひどくなって、日によってはろくに目を開けてもいられない。

近所で評判のいい開業医と、つぎには九大病院の眼科を訪れたが、眼病は発見されず、「眼精疲労」と診断された。近くを見る老眼鏡の調整と、生来遠視の私は常日頃も遠用の眼鏡をかけるよう指示された。

眼鏡を何遍直してみても、眼球の痛みは止まなかった。原稿を減らし、本も思うように読めない。白黒の碁石を睨《にら》む囲碁もよくないに決まっている。「仕事も碁もやめて、緑を眺めて休養しなさい」と、眼科医は口を揃《そろ》えていった。「血行をよくするために一日十分でもいいから運動をしなさい」といわれたこともあるが、私は何一つ実行しなかった。

私はこの時、ああ、これが腰痛ででもあったらどんなによかったかと、大真面目《おおまじめ》で考えたことをありありと憶《おぼ》えている。腰痛くらいなら、それを口実に仕事を断り、らくな姿勢をとって好きなだけ本を読み、碁を打てるのに、と。今、逆の立場になってつくづくとわかることは、それくらい、腰痛の経験のない者はそれを甘く見ている。当時はまったく腰に不安のなかった私も、いかにそれが恐ろしいものであるかを知らなかった。あんなことを本気で考えた私は、あとでとことん腰痛に復讐《ふくしゅう》され、思い知らされたのであろう。

眼精疲労は一進一退しながら長く付合うことになったが、グリーン碁石という思わぬ副産物を生んだ。「白黒は目を刺激する。緑は目を休める」と繰返し眼科医から聞かされた私は、ふと、では碁石を緑にしてはどうかと考えた。それなら碁を打ちながら目が休まるわけで、これこそ一石二鳥ではないか？

何回かの試作の末、九二年（平成四年）にやっと色も重さも望み通りのグリーン碁石（濃い緑と淡い若草色）が完成した。若い人の碁離れに危機感を抱いている日本棋院が意外に歓迎してくれ、勧められて以来毎年五月最終日曜日、新緑の候に因《ちな》んで、東京・市ケ谷の日本棋院で〈夏樹《なつき》静子杯グリーン碁石囲碁大会〉を開催している。

一方、私は仕事に対しても別の意欲を燃やし始めていた。

それまで私は大部分推理小説を書いてきたわけで、いつも、ミステリーの面白さと、小説のテーマとの融合に腐心してきた。両者は相矛盾するものに思われた。テーマをリアルに追求すれば、読者をあっといわせるミステリー特有の面白さはどうしても減《げん》殺《さい》される。一方ミステリーの面白さにウェイトをかけ、トリッキーな展開を工夫するほど、大なり小なりリアリティが損なわれ、文学的な感銘は薄められる。両者の最も程よい接点を、私は絶えず模索していた。

しかし、私はある時期から、そのやり方はどちらにも不徹底で、完全燃焼に至らない作品を生み出すことになりはしないかという懐疑を抱き始めた。テーマを語る時にはそれに徹し、秀《すぐ》れたミステリーを目指す時にはその興趣を盛りあげることに全力を傾注したほうがいいのではないか、と。その結果私は、テーマによってはまったく推理小説ではない作品を書きたいと望んだ。

九一年九月から『白愁のとき』の雑誌連載が始まった。これは働き盛りの造園設計家が若年性アルツハイマーの告知を受け、残された自分の「精神余命」をいかに生きるかという物語を主人公の視点に徹して描くもので、推理小説ではない。ミステリーならば、誰が書いてもここはこうなるといった一種のパターンに近いものがあるが、普通小説にはまったくそれがない。おまけに視点となる人物が少しずつ痴呆《ちほう》に冒されていくわけなので、これは相当な悪戦苦闘だった。

ようやく『白愁のとき』の先が見えてきた九二年三月頃から、つぎの長篇『女優X――伊沢蘭奢《いざわらんじや》の生涯』に取りかかった。明治、大正、昭和にかけて、松井須磨子《すまこ》亡《な》きあと、新劇を代表する女優として活躍し、短く劇的な人生を駆け抜けた津和野出身の女性の伝記である。私にははじめての現代より古い時代の小説で、時代考証と演劇史の資料を読みこなすだけでフラフラになった。おまけに雑誌の一挙掲載が決められていて、締切りは絶対だったからプレッシャーも強い。はるかにたくさんの秀れた作品をらくらくと物しているかに見える才能豊かな作家たちが羨ましかった。非力な私には、ミステリーから離れたこの二つの仕事はかなりこたえ、腰痛の一因になっていたかもしれないと思う。

『女優X』が雑誌に掲載された九二年晩秋、私は千葉県市川市にある東京歯科大学附属病院の眼科助教授・坪田一男先生の診察を受けた。その結果、私の眼精疲労はドライアイが原因であると診断された。

その約四年前、私が目の痛みを訴え出した頃には、眼科医の口からドライアイということばすら聞かれなかった。ところがその後、パソコン、TVゲーム、そしてエアコンの普及によって若い人の間でも目が乾いて疲れるという症状が頻発し、ドライアイという現象がにわかに注目され始めたようであった。私もそれで、いつも眼球を潤《うるお》す潤滑油としての涙液の分泌が不足しているのだという。

ドライアイの先端的専門医といわれる坪田先生から、室内の湿度を適切に保つこと、眼鏡の周りにビニールのフードのようなものを付けて目の乾燥を防ぐと共に、フードに挟んである小さなスポンジを絶えず濡《ぬ》らしておくこと、防腐剤の入っていない使い捨ての点眼液を頻繁に点眼すること、等々の指示を受けた。それら全部を忠実に実行すると、私の目は確かにずいぶんらくになった。

年が明けて、『女優X』の出版のためのゲラの校正を終えた直後、その仕事と、そして目の痛みとみごとに入れ替わるように、ある奇妙な症状が私を襲った。

忘れもしない一九九三年一月二十日水曜の朝、五十四歳になってちょうど一カ月目、朝食後ふだんの通り書斎に入った私は、デスクの前に掛けて前日の原稿に目を通し、さてその続きを書き始めようとした。ところが、そうしているうちに、腰が怠《だる》いようなつらいようななんともいえず頼りない感じで、腰掛けているという姿勢がどうにも耐えられなくなって立ち上ってしまったのである。

何回か坐《すわ》り直してみるが、どうしても我慢出来ない。腰は痛くも痒《かゆ》くもないのだが、ただ腰掛けていることができない。

私は呆然《ぼうぜん》となり、しだいに周章狼狽《ろうばい》した。立ったままで、ファミリードクターといった立場にいて下さる良永拓国《よしながひろくに》先生に電話を掛けた。六年半前腸閉塞の手術を受けた外科病院の院長である。

「そんな話は聞いたこともないから、じきに治るでしょう。今日は一日仕事は休みということにしておきなさい」と彼はのどかな口調で答えた。

どこといって痛みもなく、動作に支障もなく、だがとにかく突然椅子《いす》に掛けられなくなってしまった私は、最初の一週間どんなふうに過ごしていたか、ちょうど何かの事故に遭った人がその前後の記憶を失ってしまうように、今どうしても思い出すことができない。が、幸いにして、二週目あたりから回復の兆《きざ》しが見え始めた。当初はすぐに立ち上ってしまったダイニングテーブルの椅子にも、ゆっくり掛けて、家族と食事を共にできるようになった。この調子なら一過性の出来事で終わりそうに思われた。

それでも念のため、家の近所で評判も高い〈福岡整形外科病院〉で受診することにした。整形外科の患者になるのは生まれてはじめてだった。

副院長の徳永純一先生の診察を受けた。六十過ぎの年配で、貫禄《かんろく》もあるがどことなくユーモアも感じられる方だった。私から症状を聞き取ったあと、彼はまずいくつかの姿勢をとらせた。私はどんな姿勢でもとれた。こうすると痛いということは何一つなかった。

つぎに私を診察台の上に仰向《あおむ》けに寝させた。片足ずつ直角になるまで持ち上げ、どこかビリッとくるかと訊《き》かれたが、何も感じなかった。これは椎間板《ついかんばん》ヘルニアの検査らしかった。

最後はレントゲン撮影。数枚のレントゲン写真がまもなく検査室から届けられた。先生はそれを照らして見ながら、

「とりたてて問題ありませんね。まあ、骨粗鬆症《こつそしょう》の兆しは年齢相応に認められるが、今すぐどうということはない」

つまり何も病気はないという診断であった。

一日何時間くらい継続的に仕事をするかと問われて、私は七、八時間、いちばん長くて十三時間くらいと答えた。

「へーえ」と彼は目を剝《む》いた。

「それは長すぎるよ。一定の姿勢で机に向かうのは二時間が限度ですね。そしたら立って動き回って、また坐るようにしなさい」

あとは私の作品のことなどが少し話題になって終った。

受診後、症状はすっかり消え、それから約一カ月は元のままの生活を送った。二時間で立ちなさいといわれたことなどきれいに忘れて、以前通り八時間も九時間も机に

へばりついていた。

　二月末、私は上京した。その年はじめての東京だったので、私はホテルに留まったまま、一時間か二時間ごとにつぎつぎと各社の編集者に会い、仕事の打合せをした。二日目も同様だった。そのお昼頃、同じホテル内のレストランで数人と食事をしている時、突然あの嫌な感じが襲ってきた。椅子に掛けていることがつらくなったのだ。私は内心大いに慌《あわ》てながらも、ごそごそと姿勢を変えてなんとかごまかした。続いて喫茶室で、また二組、別の人に会った。そこの椅子はもっと柔らかだったからいっそう掛けづらかったが、ここもなんとか我慢して長時間仕事の話をした。

　やっと終って廊下へ出ると、つぎのアポイントメントの相手が待っていた。それが最後で、あとは福岡へ帰る予定である。ホテルニューオータニのタワー最上階にあるフランス料理のレストランでの夕食の約束だった。そこへ入る頃には、椅子に掛けることが相当な苦行になっていた。相手がとりわけ親しい編集者の方たちだったので、私はふと思いついて、ソファのある席を選んでもらい、ソファの上に正坐《せいざ》することにした。そのほうがらくなことに、本能的に気づいたのであろう。

　ソファの上に正坐して、背中を壁に凭《もた》せかけると、ほとんど苦痛はなく、都会の落日を眺めながら美味なワインとフランス料理を楽しんだ。が、ほかのお客が見たら、さぞかし珍妙なスタイルだっただろう。そして私にとっては、そんなのどかな食事をとることは、その先長く望めない、もしかしたら最後の幸せな晩餐《ばんさん》になってしまったのだった。

この上京を境にして、私の腰はもう元へ戻らなくなった。腰掛けることは二、三十分しか耐えられない。正坐できる時間も短くなった。さらに、最初のうちは坐りさえしなければ問題はなかったものが、しだいに腰の鈍痛を覚えるようになった。

三月中旬、編集者が四人で福岡へ来て、私といっしょに由布院へ一泊旅行して〈婦人公論〉の連載の打合せをする約束だった。が、私はそれを直前でキャンセルした。〈ゆふいんの森号〉のシートに二時間掛けていく自信がなかったからだ。もう何事もない顔ですべてを予定通りに強行することは不可能になっていた。

急遽《きゆうきよ》わが家で打合せをしたあと、彼らの一人と碁を打った。私は腹這《はらば》いになったが、それでもだんだん腰の痛みがひどくなってきた。今痛いのがつらいというより、何かこれは容易ならぬ事態が自分に起きてしまったという動揺が押し寄せてきた。そのとたんぼろぼろと失着が出て、優勢だった碁をたちまち逆転されてしまった。

私は再び福岡整形外科を訪れて、徳永先生にその後の経過を報告した。彼はもう一度レントゲンを改めてから、「職業病ですね」といわれた。はっきりした原因のわからない腰痛を総称して「腰痛症」というのだそうであった。極力仕事を減らして、坐位をとらないこと。身体《からだ》が坐位を嫌っているのだから、それを避けることが一番だという。

「では腹這いではどうでしょうか」

彼はちょっと思案した上で、

「まあいいでしょう。どうせ長くは続けられないから」

腹這いもあまり好ましくないというニュアンスがこもっていた。

「わかりました。これから書く時はすべて腹這い、読む時はすべて仰向けになります。そうやって腰の負担を除いてやれば治るわけでしょう?」

「うん、だけど仕事減らせそうですか」

「それはまあ、わけを話してそうさせてもらうしかありません」

徳永先生は半分ふざけたような顔でいった。

「それともね、いっそもうギリギリまで頑張って、それからパッと止《や》めて入院しちゃいなさい」

「そんな……もう元へ戻れなくなっちゃうんじゃないですか」

「いやあ、五十代ならまだ大丈夫だよ」

それは真顔だった。

「いずれにせよ、はっきりした原因で急になった腰痛は、また案外簡単に治る場合もあるけど、長い間につくってしまったことは、治るのにも時間がかかりますよ」

二十五年近い坐業の連続がこの腰痛をつくった。回復には時間がかかるかもしれないが、しかし必ず治る。その最後のところをけんめいに心に刻んで、私は病院を出た。思えばあの日から、私の長い長い腰痛の放浪が始まったような気がする——。

私の奇妙な腰痛の話は、自然と周囲や東京の編集者にまで広がっていった。するといろいろな人がいろいろな治療法を勧めてくれるようになった。

最初は東京の灸頭鍼《きゅうとうしん》の先生を紹介された。鳥倉鶴久《つるひさ》さんといわれる、その道ではかなり名の通った方だそうで、月一回福岡へ来る用事があるので、その折一晩を挟んで二回治療を受けることになった。

灸頭鍼とは、身体のあちこちに鍼《はり》を打って、その上にモグサを置き、火をつける。皮膚に直接モグサがのっているわけではないので、熱くはなく、鍼を通してぽかぽかと温感が伝わり、まことに気持がいい。

鳥倉先生はまず私の過去四回の開腹手術の影響を指摘した。

「それにしても、あなたのはどうも変ってますね。ふつう腰痛の人は、ここを押せば痛いとか、こうすればどうという反応や圧痛点があるんですがね。あなたにはそういう手応《てごた》えがぜんぜんない」

私もなんとなく、自分の腰痛はふつうとはちがう、容易ではない代物《しろもの》だという直感を早くから抱いていたように思われる。

灸頭鍼でさっそくに変化もなかったが、とにかく来福の都度やって頂くことにした。

福岡大学体育学部の助教授が鍼をされると聞いた。お灸や鍼など、それまでの私にはまるで無縁の世界だったが、鍼で治ったという方は多いので、これも試して頂くことにした。

こちらは置き鍼といって、鍼やそれに似た金属片を腰や背中に置いて、しばらく時間をおく。取り外してから、効果はどうかというものだった。二、三回続けてやってもらったが、とくにどうということはない。あとで聞くと、助教授は見切りをつけるのが早い方だそうで、「効く人にはすぐ効くんだが、あなたにはムダみたいですね」とあっさりお終《しま》いになった。

知人の女性が「低周波が効くわよ」と教えてくれた。家でできることがらくなので、私はさっそく機械を取り寄せた。それは、ペタッとした吸盤みたいなものをいくつか腰に当て、電源を入れると、「トントントン」とか「ツートン、ツートン」とか、いろいろな刺激が伝わってくる。それが低周波の電流の刺激なのだという。就寝前の私の日課になった。

徳永先生に約束した通り、執筆は腹這いである。工夫した末、厚目の坐布団《ざぶとん》を三枚ずつ重ねて二列にならべ、その上に腹這いになる。すると胸の下に坐布団三枚分の落差ができる。その下に原稿用紙を置いて書く。読書は仰向けか、横向きに寝る。坐れないのだからそうするほかないのだった。

いや、立って書いてはどうかと、ある時考えた。そういえば、昔、寝る暇もないほどの流行作家だった笹沢《ささざわ》左保氏が、眠気を防ぐために部屋の四隅に机を置いて、移動しながら立って書いたという伝説めいた話を聞いた憶《おぼ》えがあった。

もう一つ、私が残念でたまらないのは碁を打てないことだった。

そこで家具屋さんを呼んだ。一つは、立って原稿を書くために、設計家などの使う図面台《ドラフター》を求める。あと一つは、立って碁を打つための木の台を注文した。自分の背丈に合わせ、その上に脚のない碁盤を置いてちょうどいい高さの正方形の台を作ってもらうことにした。

やがて、白い木にワックスを塗った妙な台が届けられた。それを見た友人たちは、私が眼精疲労の時グリーン碁石を考え出したのを知っているので、「今度は何を作るかと思ったら」とからかい半分に笑った。

そのうち、碁を打つ編集者が一人やって来たので、さっそく摑《つか》まえて相手になってもらった。ところがここで気がついたことだが、長く坐っていられないような者には、立っていることも相当な負担なのだった。一局立ったままで打ち続けることはとても無理で、半分立って打ち、少し坐って、また立つといった珍妙な我儘《わがまま》を許してもらうほかなかった。何か得体の知れない疲労と弱化が全身的に及んでいることを悟らされた。

ドラフターも、狭い書斎をいよいよ狭くしただけの長物となった。

痛みもすっかり根をおろしかけていた。痛くない日はほとんどないし、一日の中でも痛みのない時間が少くなった。七三くらいで腰の右側のほうがひどいのだが、痛みにはさまざまのパターンがあり、それはこの本の最初に記した通りである。歩くことや立居振舞いにはとりあえず不自由はないのだが、長時間続く痛みは、じわじわと心身を消耗させ、気持を滅入《めい》らせた。

四月中旬、島根県松江のＮＨＫで、津和野出身の伊沢蘭奢のテレビ番組を作る企画があり、私も出演する約束になっていた。二月頃依頼されたのだが、四月までには治るだろうと楽観していたのだ。

福岡から松江までは飛行機で行く。途中どうやって凌《しの》ごうかと悩んでいたが、乗ってみると幸い隣りの席が空いていた。私はスチュワーデスにわけを話し、肘掛《ひじか》けを上げて二席に横になった。こんな時身長一五三センチは便利だった。

ＮＨＫではライトバンで迎えに来てくれた。私は最後部のシートにまた横になった。番組の収録中だけは、アナウンサーと対坐し、四十分余り頑張ったが、画面に自分が映っていない間は立っていた。

収録のあとは書店でサイン会があった。立派な机と椅子《いす》を用意してくれていたが、ここでも立ってサインさせてもらった。立つほうがまだしも持続できた。

翌日は『女優Ｘ』の執筆と出版のお世話になった編集者二人と津和野へ向かう。苦労した作品だけに、本来ならさぞ爽快《そうかい》な旅になるはずだった。電車の予定を変更し、レンタカーを借りてもらい、私はやはり後部シートを一人で使った。

青空に陽光が充《み》ち溢《あふ》れ、満開の山桜が新緑に映える春らんまんの風景が、痛みに耐えてジッと横になっている私の頭上を流れすぎた。

津和野町民センターでの講演も、椅子を断った。町役場や蘭奢ゆかりの方々を訪ね、夜になって、山口・湯田温泉の松田屋旅館に入った。

ゆっくりとお風呂《ふろ》に浸《つ》かると、どっと疲れが出た。長時間のドライブがこたえたのか、食膳《しょくぜん》に向かった時には、私はもう五分も坐《すわ》れないほど腰が参っていた。ひとくち口に入れては横になった。天井の枡目《ますめ》が目に映る。昼間、車の窓から見あげた景色が重なる。

これからの私は、こんなふうに何でも下から仰ぎ見る視界を自分の風景と心得なければならないのだろうか――？

なんともやりきれない暗澹《あんたん》とした予感が私の胸を蔽《おお》った。

第二章　筋肉の預金残高

松江から帰ってまもなく、私は九大病院整形外科でもう一度検査を受けた。その前に、この腰痛は内臓の病気から来ているものではないか、全身の精密検査が必要なのでは、という忠告を多くの方から受けていた。が、私は、腰痛発症のわずか一週間前に良永先生の病院で定期検診を受けたばかりだった。超音波や胃カメラの検査まで受け、何事もないといわれた直後の腰痛であった。

四月下旬、九大病院整形外科の杉岡洋一教授（当時・のちに学長）の診察を受けた。ここでもたくさんのレントゲンを撮られたが、骨は立派なものだと賛《ほ》められた。教授もおおぜいの若い医師たちの見守る前で、私にさまざまな姿勢をとらせた。

「運動性も良好ですね」

残るは筋肉の問題である。じっと坐《すわ》っていられない、立っていられないというのは筋力が弱ってしまったことになる。

「マッスル・ウィークネス」（筋肉弱化）ということばが教授の口から出た。私にも非常に納得できた。症状がいかにもそんな感じだった。ただ、なぜそれが発生したのかがわからないと、教授は首をひねった。四回の開腹手術の既往歴を私は告げたが、大した関心は示されなかった。

「思い返せばいくつか前兆はありました。一、二年前から、ごくたまにですが、非常に長時間デスクワークをしたあと、椅子《いす》に掛けていられなくなることがあって、でもちょっと立ってウロウロしているうちに治ってしまったので、気にも止めていなかったのです。それとか、朝起きがけから背中が怠《だる》くて、立っているのがつらいような、また横になりたいような妙な感じを覚えたり、片手をつかないと歯を磨けなくなっていたり……ああ、それから、今度発症する二日前に、お寺でお友だちのお葬式があって、その日が大寒波で、長い時間物凄《ものすご》く寒い思いをしたのです」

それが引き金ではなかったかと、私はかなり真面目《まじめ》に考えていたが、教授は微笑して軽く首を傾《かし》げただけだった。

内臓の精密検査という話も出て、私が「受けたばかりですが、婦人科だけは抜けています」と答えると、「ではそれをやろう」と教授は即坐《そくざ》に決めた。

三日後、彼が産婦人科の中野仁雄《ひとお》教授に紹介して下さった。まず簡単な問診。

診察に入り、私はスコープのモニターを通して、自分の卵巣を見せてもらった。私は二十年前に卵巣嚢腫《のうしゅ》で右の卵巣を摘出していたが、残っている左の卵巣にも異変はなく、子宮も、腸閉塞《ちょうへいそく》を患《わずら》って七年たつ腸も、正常におさまっているという話だった。つまり婦人科でもこれという病変は見出《みいだ》されなかったようだ。

最後に教授は付け加えた。

「閉経前後の更年期にはホルモンのバランスが崩れて、いろいろおかしな症状が起こるものです。それに対して、ホルモン療法というのがあってね、これが劇的な効果を現わす場合がある。発ガン性の有無とか、いろんなこともいわれていますが、きちんと観察しながらやりますから、その点はまったく心配ありません。まあ今日は何も疾患がなかったということで一種のカタルシスを得ているだろうから、さっそくには受けようと思わないかもしれないが、もしあとでその気になったら、遠慮なく直接ぼくに連絡して下さい」

私は杉岡教授の部屋へ戻って報告した。彼は、常用している薬をすべてやめてみること、その上であと一月ほど静観してみようといわれた。そのうち治るだろうという口吻《くちぶり》だった。私は骨粗鬆症《こつそしょう》予防のためにビタミンDを毎日一錠服用していたので、それをやめることにした。

発症から三カ月半、私もまだ、そのうち治るだろうと楽観していた。七月から〈サンデー毎日〉の連載小説が始まる。土壇場のキャンセルは許されないし、私もやる気だった。

とはいえ、取材に動けないので、取材したい人物に事情を話し、頼みこんで家まで来てもらった。応接室へお通しするが、私はソファで対坐することができない。お客さんには掛けて頂き、私は絨毯《じゅうたん》の上に正坐して、脇息《きょうそく》で身体《からだ》を支えながらメモを取った。それも一時間とは保《も》たない。今度は例の碁用の台を持ち出して、立って話を聞いた。相手は吃驚《びっくり》したにちがいない。名古屋の建設会社の社長が、あとで紹介者に「彼女は何かよほど悪い病気ではないか。今すぐ入院させたほうがいい」と忠告してくれたと聞いた。

五月下旬、九大での初診から一月余りたっても回復の兆《きざ》しがないので、再度の検査を受けた。今度は杉岡教授が股関節《こかんせつ》のレントゲンを撮られた。これで、福岡整形外科から数えてもう二十枚近いレントゲンを撮ったことになる。私は内心で、どうしてこんなにやたらと撮るのだろうと、いささか恐怖症に陥りかけていた。そのつど放射線を浴びるわけである。レントゲンを嫌がる気持の底には、どうせそれでは何も出てこないだろうという奇妙な直感があった。

案の定、股関節にも異常はなく、またしばらく様子を見るということで終った。

坐位がとれないのと、断続的な腰痛に加えて、異様な倦怠感《けんたいかん》を覚えるようになったのはこの頃からだった。最初にも書いたが、物凄く重いリュックを背負っているか、鉄の甲羅でも貼《は》り付けられたように背中が怠くて、背筋を立てているのがつらい。家にいれば自然と身体を横たえる時間が少しずつ長くなっていた。

五月三十日の日曜、東京・市ヶ谷の日本棋院で第二回グリーン碁石囲碁大会が開催された。主催者の私はなんとしても顔を出さなければならないので、前日から無理を押して上京した。飛行機ではゆとりのあるスーパーシートに少し掛けたり、上に横坐りしたり、空港からはタクシーの後部シートで横になって、日本棋院にほど近いホテル・アルカディア市ヶ谷に宿泊した。

大会はお蔭《かげ》で前年同様大ホールが満席になる盛会で、ふつうなら私も今年から一般参加者に混じって対局するはずだったが、とてもそれができる状態ではない。壇上から挨拶《あいさつ》し、あとは時々会場を見て回って、休憩時間に参加者と立ち話した。ウロウロ立ち動く程度なら、知らない人には何も気付かれずにすんだ。控え室の日本間で脇息によりかかって、審判長の小川誠子《ともこ》五段（現六段）に指南して頂いた。グリーン碁石本因坊が決定すると、壇上でカップを手渡した。

翌日、実は極めつきの療法の約束があった。小説の取材で交誼《こうぎ》を得ていた造園会社社長の涌井雅之《わくいまさゆき》さんが、午後一時半にホテルまで迎えに来て下さった。彼の車で新宿ワシントンホテルへ。高塚光《ひかる》氏の手翳《かざ》し療法を受けるためだった。

高塚氏の評判は知る人ぞ知るというところらしいが、私は涌井さんが送ってくれた高塚氏の著書『神様になったサラリーマン』を読んで、およその事情を知っていた。

高塚氏は一九五〇年生まれだが、まだ四十前の頃、母堂の臨終に駆けつけ、なんとなく手を翳しているうちに、母堂が生気を取り戻し、ベッドの上に起き上ってしまった。それがきっかけで全治された。以来、自分が手を翳すと超能力を発揮することがわかり、おおぜいの治療に当ってきた。今は新宿ワシントンホテルの一室を提供され、東急エージェンシーの社員の身分のまま、治療に専念している。著書によれば、ほぼ八割の人に効果があり、わけても痛みには百パーセント近い人が軽減したそうである。

正直なところ私は、東京農大の講師もつとめ、ご自身も先端的造園設計家《ランドスケープ・アーキテクト》である涌井さんの勧めだったからこそ、この種の治療を受ける気になったというのが本音であった。その涌井さんは私の症状を「言霊《ことだま》」が憑《つ》いたのではないか、などといった。

彼が私を部屋まで送って、高塚氏に紹介した。高塚氏は四十代前半の年齢よりずっと若く見え、風貌《ふうぼう》も話し方もごくふつうの陽気な現代サラリーマンという印象だった。

応接室で私と二人になると、彼は簡単に症状を聞いたあと、私をソファに掛けさせたまま、いとも無造作に洋服の上から私の腰に両手を翳した。私はコルセットをはめていたが、それを外す必要もない。そんなことは何も関係ない。自分も一生懸命治してあげたいと願っているわけでもない。ただ無心に手を翳せば効果があるのだという。高塚氏が少し屈《かが》んで、両手を私の腰に翳す。その状態が十分間ほど続けられた。私は目を閉じて、ソファに掛けるという苦行に耐えていた。

終わると、彼が尋ねた。

「どうですか。どこか変った様子はありませんか」

「いえ、今のところはなんにも」

「治療中からたちまち効果が顕《あらわ》れる人もいるんですが、しばらくたってからという人もいます。あくる朝突然効いたりする場合もありますから、楽しみにしていて下さい」

全部で三十分もかからずに、私は高塚氏の部屋を辞去した。彼はお礼もとらず、私はサイン本を贈る約束をした。

翌朝になり、一日たち、三日たっても、何の変化も訪れなかった。

福岡へ帰ると、お手伝いの岡本より子さんが、ずっと考えていたことのように、わが家の池の水を抜こうと提案した。彼女は私のために自宅近くの愛宕《あたご》神社へ足繁《しげ》く通い、護摩焚《た》きまでしてもらってくれていた。

「家の中に動かない水があるのはよくないんだそうです」

が、私は「そんなことは関係ない」と一笑に付した。自分には非科学的なことは効かないのだ。そのことに、まだ奇妙な矜持《きょうじ》があった。と同時に、奇跡的にケロリと治るようなことを期待せず、整形外科に通院して適切な治療を受ければいいのではないかと、今さらのように気がついた。

六月から、私はその日その日の症状を○×△で記録し始めた。痛みも倦怠感も比較的らくだった日が○、つらいがまあ我慢できた日が△、ひどい痛みでほとんど動けなかったという日が×である。何がどのように症状に影響するのか、どうすれば少しでも好転するのか、要因を突きとめたかった。が、○×△はまことに不規則に入り乱れた。季節、天気、気温、湿度など、どれも直接関係なさそうだ。

まもなく、私は知人の紹介で福岡市の中心部にあるクリニック、〈光安整形外科〉を訪れた。光安知夫先生は九大出身、四十七、八歳のすらりと背が高く、歯切れよく話す若々しい方だった。以後長く、彼には私の整形外科の主治医になって頂いた。

彼は私のレントゲン嫌いを知ると、「ぼくんとこは二枚でいい」と譲歩してくれた。

光安先生の診断は明快であった。

「一口にいって、運動不足と筋肉の弱化です。坐ってばかりの生活で、一定の腰の筋肉だけを使いすぎて、そこが疲れてしまったんですよ。カードを使いすぎて預金残高が底をついているのと同じです。運動して筋肉を鍛えれば必ず治ります」

運動不足。

筋肉弱化。

預金残高。

ああ！　ようやく正しい鍵《かぎ》を見つけ出して、それが鍵穴にカチリと嵌《は》まった時のような、ほとんど爽快《そうかい》なまでの納得感が私の胸に落ちた。いや、徳永先生が「職業病」といわれ、杉岡教授が「マッスル・ウィークネス」といわれた時も、私は素直に納得できた。それを光安先生がもっともわかりやすいことばで表現して下さったのかもしれなかった。自分で感じる症状も、今いわれたことにピタリと合致しているように思われた。私の骨は「立派なもの」だそうだし、どこといって特定の病変はないのだ。だから、どんな姿勢でもとれる。ただ腰の筋肉が弱りきってしまって、自分の上体を支えて坐ることも、立っていることにも耐えられなくなった。それで身体がこんなに怠く、疲労が極まって痛むのであろう。すべての説明がつくような気がした。

長い年月、自分がどれほど運動不足であったか、痛烈な悔恨に胸を刺された。子供たちの手が離れ、お手伝いさんに家事を任せるようになったここ十数年、私は文字通りカマボコのようにデスクにへばりついていた。眼精疲労が発生し、眼科医に一日わずか十分の運動を勧められても、それすら実行しなかった。一応フィットネスクラブの水泳教室に加入し、ヨガを習ったこともあるが、仕事優先で時間を惜しみ、平均すれば月に二回くらいしかやっていなかっただろう。ゴルフは相変らず三カ月か四カ月に一回のラウンド。あとは散歩すらしなかった。まるでそれが作家にふさわしいかのように、身体を動かす家事は何一つしなかった！

臍《ほぞ》をかむ悔恨と同時に、深い安堵《あんど》を私は味わっていた。

運動して筋肉を鍛えれば必ず治るとも、今光安先生は明言されたのだ。

光安整形外科での治療は、まず先生が腰にビタミンB12の注射を打たれ、つぎに微弱な電流を身体に通しながら、看護婦さんが家伝といわれる薬を、腰から脚にかけて先生が指定した個所にチョン、チョンと注射していく。それからホットパックを腰に当てて寝台の上に仰向《あおむ》けになり、足に重《おも》りを付けて軽度の牽引《けんいん》。最後にパップ薬を貼ってお終《しま》いである。

クリニックに通う傍ら、先生は水泳を勧めた。筋肉強化には体操より何より水泳が良い。とくに水中歩行が最高という。水の中では体重の負担をかけずに筋肉を鍛えることができるのだ。

「開高健《たけし》さんもバックペインに苦しまれたが、水泳で救われたと書かれてますね」と先生はいい添えた。

水中歩行三十分、クロール二十分くらいを週三回、それを三、四カ月から半年ほども続ければ、まず九割は良くなる。九割の人が良くなるという意味ではない。痛みの九割がとれるという意味だと聞いて、私はますますうれしくなった。

「必ず治りますよ。一生暗剣殺なんて人はありませんからね。ぼくが生きてる限り保証します」とまでいわれて、私はもう半分治ったような気になった。

幸い家から歩いて十分ほどの場所にスイミング・スクールがあったし、もともと私は水泳が好きで、大学時代男子学生に混じって山中湖を横断遠泳した経験もある。

私は熱心にプールに通い始めた。水中歩行三十分、と一口にいうが、これは相当に忍耐を要する作業だった。水の中をただ歩く。面白くもおかしくもない。おまけにプールは混んでいる。最近のフィットネスブームを反映してか、中高年が多く目につい た（無論自分もその一人なのだが）。水中歩行のコースは一つに決められているので、歩行者でぎっしりになって渋滞する時さえある。それでもみんな胸まで水につかって黙々と歩く。なんだか収容所にでも入れられたような気分になってくる。

週三回光安整形外科へ通院し、プールへは三回、週によっては四回も通った。じわっと腰のあたりに筋肉がついてくるのが自分でもわかった。カラになりかけた預金残高がまた徐々に貯《たま》ってきたのだ。これできっとよくなると信じた。

だが、×の日は容赦なく訪れた。朝から晩まで、これでもかというほど腰がジンジン痛み続ける。あまりに耐えがたい日は、光安先生や良永先生から頂く経口鎮痛剤や鎮痛坐薬《ざやく》を用いた。ところが、どんな薬も効果がない。良永先生が入手できる限りの鎮痛坐薬を五種類くらい揃《そろ》えて下さり、一つずつ試してみたが、どれもいささかも効かない。私の腰痛には鎮痛剤はまったく無効なことが判明してしまった。

「まあ、こんなものはあんまり使わないほうがいいですからね」と光安先生がいわれ、私も「効かないからかえって使わないでいいですよ」と答えた。まだまだ私は強気だった。必ず今にプールの効果が顕れる。筋肉さえつけば……！

〈サンデー毎日〉の連載が七月中旬にスタートすることが決まり、すると六月から原稿を渡し始めなければならない。主要な取材は五月中に、取材相手に無理をお願いして家まで来てもらい、およそ終っていた。私は腹這《はらば》いで原稿を書き、補足取材は電話ですませた。小説に出てくる土地の風景などについては、東京の私の映像関係の事務所の人に、こちらが詳しく指定した上で現地へ行ってもらい、写真とレポートを送ってもらった。

小説のタイトルは『デュアル・ライフ（二重生活）』、ミステリーではない。冒頭で主人公の四十六歳の会社経営者が膵臓《すいぞう》ガンの疑いを持たれ、死の恐怖に直面する。彼は自分の半生を振り返り、償いの旅が始まるのだが、彼が身体の不調の中で、ああ、ひと月前には、半年前には、自分はあんなに元気だったのに、とせつない思いに苛《さいな》まれる心情には、いやでも私自身の気持が投影した。

仕事は思いきってこれ一つに絞り、ほかの約束は編集者に事情を話して延期してもらった。週刊誌一本だけでも、今の状態で締切りを抱えることはかなりの負担になった。他方、あれも書きたかった、これも書くはずだったという焦燥に胸を灼《や》かれた。

遠藤周作氏夫人の長年の腰痛が一回の気功で快癒したという話を、遠藤氏が女性誌のエッセイに書いておられた。その切り抜きを知人が持ってきてくれた。それからほどなくして、東京の新聞社の旧知の記者から電話があり、その気功の先生を取材してみようかと思うが、噂《うわさ》など聞いたことはないかと問われた。それでわかったのだが、件《くだん》の先生は北九州市小倉区に居住される高校教諭であった。結局取材は実現しなかったようだが、先生がそんなに近くにおられるのなら私にも試してもらいたいという思いがにわかに湧《わ》き起こった。水泳も根気よく続けてはいたが、やはり何かの拍子にケロリと治るという僥倖《ぎょうこう》への誘惑を禁じ得なかった。

私は記者から教えられた衛藤陸雄《りくお》先生に依頼の手紙を書いた。折り返し先生から電話があり、六月末の土曜の夕方、家まで来て下さることになった。

マイカーを運転して来られた衛藤先生は、三十代半ばくらい、小柄だが引き締った体軀《たいく》で、専攻は物理だという。彼はある時外出先で、自宅が火事だという直感を抱き、とんで帰ってボヤで消し止めるという経験を持った。それ以来心霊的なことに興味を抱き、やがて中川式の気功の修行をしてその技術を習得されたという話である。

彼のやり方は、私を正坐させて、目を瞑《つむ》らせ、私の身体《からだ》のあちこちに手を翳《かざ》す。坐《すわ》っているのがつらくなると、寝てもかまわないといわれ、横になった身体にやはり手を翳す。その掌《てのひら》から「気」が発せられ、私の体内に浸透するのだそうであった。

一時間近くもていねいに続けられた。

「何か感じますか」と訊《き》かれたが、私は何も感じなかった。

それから毎週日曜、学校の休みのたびに二カ月近くも通って下さっただろうか。ガソリン代以外決して謝礼を受取られなかった。夜にはご自宅から遠隔の「気」を送って下さっているということだった。

そのうち、中川式気功の創始者である中川雅仁《まさひと》氏が福岡支部へ来られるという。衛藤先生を通して依頼し、私にも試して頂くことになった。

年配は六十前後か、白髪白髭《しらひげ》に包まれた温顔の中川先生が、支部の若い方二、三人を伴ってわが家を訪れた。やはり私を坐らせて、手を翳し、「気」を入れる。私のほうは何も感じない。が、たまたまその日は調子の良い○の日だったので、どこか効いたような気もした。

中川先生も、謝礼はいらない、ただ、すっかり治ったらマスコミにそのことを書いてほしいといわれた。

「たとえばタレントさんなどが喋《しゃべ》ってくれても、こちらが頼んだみたいで、いまひとつ人が信用しない。その点、作家の先生が本当に効果があったと書いて下されば、影響力が大きいからね。ぼくらはそれが何よりうれしいんですよ」

勿論《もちろん》全快した時は必ず書きますと私は約束した。気功マットとか気功ベストとか、グッズだけ買わせてもらった。

一晩を挟んで二回、中川先生が来て下さったあとは、衛藤先生に代って福岡支部の若い方たちが交替で数回わが家へ通ってくれた。だが一向に効果が現われないので、サジを投げた感じで、「今後は支部へ来て下さい」といわれた。が、私にもそこまでの熱意はなかった。

気功はほかの人にも何回か勧められた方法だったが、私にはやはり非科学的なことのように感じられ、効かないのかもしれなかった。

実際、いろいろな人がさまざまな方法を勧めてくれた。足の裏には人体のすべてのツボが集っていて、それを揉《も》むと全身の血行が良くなって、自分も腰痛が治ったというビジネスマンがいた。彼の案内で、博多駅裏の治療院へも通った。専門の先生が私を椅子《いす》に掛けさせ、指先で物凄《ものすご》く痛いくらいの力で足の裏を揉みほぐしてくれる。三十分くらいの治療で、おそらく身体には良いのだろうが、揉まれている間、椅子に掛けているのが私にはつらい。タクシーで通う間、シートに掛けるのさえつらく、私はそっと靴を脱いでシートに横になり、片肱《かたひじ》を立てて頭を支えていた。

私の祖母と母は熱心な金光教の信者だった。十年あまり前母が亡《な》くなった時、青山の墓地にお骨を納めたが、遺言で私の家の近くにある福岡・高宮教会の納骨堂に分骨して納めて頂いた。教会長の吉川信雄先生は国際感覚豊かな人格者である。

「今まであなたが神様に頂いたお蔭《かげ》に感謝し、今後のことは思い煩《わずら》わず、すべて神様にお任せしなさい。氏子が心配すれば神は安心してしまう。氏子が神に任せれば神様が心配して下さるのです」と彼はいわれ、日々快癒のために祈念すると約束して下さった。

七月六日に作家の森瑤子《ようこ》さんがガンで死去された。五十二歳だった。私は直接面識はなかったが、その若さが痛ましくてならなかった。有吉佐和子さんが五十三歳で逝《い》かれたことが思い出された。森さんは五十二で、有吉さんは五十三で亡くなった。私は五十四まで生きたために腰痛にぶつかってしまった。そう考えると、なぜか気が軽くなった。その反応をジッと分析してみると、自分ももういつ死んでもいいのだ、いつ死んでも物凄く損をしたというほどの齢《とし》ではないのだというような、妙な解放感に繋《つな》がっているのだった。

八月に入る頃から、ほとんど連日の腰の痛みに加え、時々覚えていた例の鉄の甲羅を貼《は》りつけられたような倦怠感《けんたいかん》が、いちだんとひどく、頻繁になっていた。わが家にはお手伝いさんが通ってくれているが、毎朝新聞を取りこみ、洗濯物を干すのだけは私の仕事だった。倦怠感がとりわけひどい朝など、門まで新聞を取りに行ったらもう二階へ洗濯物を干しに行く体力がなくなるような、どちらにしようかと迷うほどの脱力感に全身を搦《から》めとられていた。

電話が鳴ると受話器を取るが、五分と立って話してはいられない。床に尻《しり》もちをつき、それもすぐつらくなって、寝そべって話を続けた。相手には気取られぬよう、努めて元気な声を出したから、たいていの人が電話では少しも変らないといった。

重い物を持つのが極端に負担に感じられた。外出時、見かけは二の次でとにかく軽いバッグを選ぶ。紙一枚でも不用のものは除く。コインは全部出し、財布の重みも減らすためにお札を直接入れた。香水スプレーもやめ、ルージュは一本にした。本当にそこまでしても、バッグ一つ持つのがやっとの思いで、足許《あしもと》がおぼつかない。

家にいて、カレーライスを食べようとして、引出しからスプーンを取り出す。その時咄嗟《とっさ》にいちばん軽そうなスプーンを選んでいる。

そうした中でも、光安整形外科にはきちんと通い、水泳だけは執念のように励行した。暇さえあれば散歩、自転車こぎ、腰痛体操など、筋肉を鍛えるためなら何でもやった。

光安先生の指示で、市内の大きな病院で腰部のMRIを撮った。

「そこまでの必要もないと思いますが、作家の経験として受けてみられたらどうですか」

その結果は、病院の放射線科でも、光安先生の診断でも、異常なしと認められた。骨には歪《ゆが》みもなく、むしろ年齢の標準よりきれいだという。「臨床の顕微鏡」と聞いているＭＲＩによっても、何の病変も発見されなかったのだ。

　確たる原因が見つからず、さまざまな努力も試みもむなしく、症状はジリジリと悪化していく。回復の兆《きざ》しも見えぬままに、発症から半年以上が過ぎてしまっていた。

　毎年九月末に開かれる〈オール讀物《よみもの》推理小説新人賞〉の選考会は、行く段取りをしていたのに、前日の痛みがあまりに激しく、飛行機に乗って上京する自信がなくなって、土壇場で欠席させてもらった。

　四カ月あまりも勤勉に水泳に通い、筋肉もずいぶんついてきたのに、つまり預金残高は大分増えてきたはずなのに、なぜこんなに痛み続けるのでしょうかと、私はいささか恨めし気に光安先生に訴えた。彼は、自律神経失調も原因の一つになっているのだろうといい出された。

「全身的な金属疲労の現われでしょうね。今の連載はいたし方ないが、そのあとしばらく仕事を休むようにしたらどうですか。良くなればまたいくらでも書けるんですから」

　はじめて「後退」を促すような意見が彼の口をついた。読書家の彼は、今度は正岡子規のカリエスを例に引いた。

「あのことを思えば我慢できるでしょう。それに子規はこんなこともいってますね

――」

〈余は今まで禅宗のいはゆる悟りといふ事を誤解して居た。悟りといふ事は如何《いか》なる場合にも平気で死ぬる事かと思つて居たのは間違ひで、悟りといふ事は如何なる場合にも平気で生きて居る事であつた。〉

だが私は子規と聞いたとたんに『病牀六尺《びようしようろくしやく》』や『仰臥漫録《ぎようがまんろく》』の生々しい痛みと苦悶《くもん》の記述が頭をかすめ、子規居士《こじ》には申し訳ないが、反射的に身震いして頭を振った。

「いやですよ、思い出させないで下さい。糸瓜《へちま》の水も間に合わず、なんて……いよいよ落ち込む」

「そうか、子規は失敗だったかな」

実際、痛みを連想させるあらゆるもの、単に「痛み」ということばさえおぞましいような拒絶反応があった。

ファミリードクターの良永先生の意見はもっと徹底していた。

「あなたがいつまでもいつまでも第一線で仕事をしたいと望む、その心の執着が痛みを生んでいるのだ」といわれる。

「もう自分としてはやれるだけやったのだ。いつペンをすてても本望だというくらいの解脱《げだつ》した心境に達すれば、たちまち全快するよ」

「でも、私より齢上でまだバリバリやってらっしゃる方がおおぜいいるじゃありませんか」

「そんなことをいうなら、あなたより才能があって何倍も努力した人たちが、どれほどおおぜい、報われずに消えていると思いますか。あなたは今まで恵まれすぎていたんですよ」

「でもねえ、たった一回の人生ですからね、そう簡単にはあきらめきれませんよねえ」

「作家だけが人生じゃないでしょう。目を開いてみれば、いろんな幸せがあるんだよ。何事も固執することがいちばんいけない。もっとおおらかな気持になってごらん。そもそもあなたの悩みなんて贅沢《ぜいたく》なんだから」

　ガンセンターの部長をつとめたあと開業されて、日常的にガン患者にメスを振るい、あるいは最期《さいご》を看取《みと》っている先生にかかると、私の腰痛などは「贅沢な悩み」にされてしまう。

「解脱した心境というのはね、例えば新聞を開くと、ほかの作家たちの出版広告がデカデカと載っている。それを見て平気でいられるか。そのへんが一つのバロメーターだと思いますね」

彼も子規を例に引いた。

『墨汁一滴』の中にこういう記述がある。

人の希望は初めは漠然として大きいが、あとはしだいに小さくなるならいである。自分の病状での希望も、遠くまで歩けなくても庭の中だけでも歩ければいいのにといっていたのは四、五年前のことだ。その後一、二年経《た》つと、たとえ歩けなくとも立つことができればさぞ嬉《うれ》しいだろうと思い、あまりに小さな望みだと人にも言って笑っていたが、一昨年の夏からは、立つことまでは望まないから、せめて坐るくらいは病の神も許してくれてもよさそうなものをとかこつようになった。しかも希望の縮小はなお止まらず、坐る事はともあれせめては一時間なりとも苦痛なく安らかに臥《ふ》していられればいかに嬉しいかというのが昨日今日の自分の希望である。

〈……最《も》早《はや》我望もこの上は小さくなり得ぬほどの極度にまで達したり。この次の時期は希望の零《ゼロ》となる時期なり。希望の零となる時期、釈迦《しやか》はこれを涅槃《ねはん》といひ耶蘇《やそ》はこれを救ひとやいふらん。〉

「これはまあ極端なケースだけれど、あなたもしばらくは自分の欲求を抑え、活動範囲を狭めてみればいい。子規は本当に病気だったから、そうやって亡くなってしまったけれど、あなたには器質的疾患がないのだから、そんなふうに無欲に、心を安らかに持つうちに自然と治って行きますよ」

光安先生は四十七、八歳。一時的に仕事を休めと勧める。治ればまたいくらでも書けるのだから。良永先生は私と同年の五十四歳。休むのではなく、引退するくらいの境地に立てという。そのちがいはお二人の年齢の差かもしれないなどとも思った。

家族もそれなりの助言をしてくれる。二歳上の夫は、彼自身学生時代から椎間板《ついかんばん》ヘルニアと付合ってきたせいか、最初のうちはたかが腰痛と見くびっていたようだ。

「おまえが今まで小説の中でさんざん人を殺したその霊が腰にとりついているんだよ」

などと笑っていたが、私の苦痛と精神的な落ち込みがかなり深刻だと気がつくと、ようやく正面から向かいあう姿勢になった。

私の心の持ち方にも大きな原因があると思うという。私ががむしゃらに水泳に通い、体操をし、運動さえすれば、と自分を追いこむのがいけないのではないか。

「ねばならない、という考えを捨てなさい。おまえは今病気なんだから。運動しなければいけない、書かねばならない、そんなふうに思い詰めないで、心の望むままに、ゆったりと過ごしてごらん。成行きに任せて、たゆたうように生きてみるとでもいうのか」

それから、この程度の病いですんでいることに感謝すること。

「世の中にはもっともっとひどい病気で苦しんでいる人もいくらでもいる。それに比べれば、まだ軽いものだし、必ず治るんだから。そう思って天に感謝すれば、心が明るい方へ向くだろう。おまえは自分の気持で自分を悪い方へ持っていってるんだよ。苦労も悪いばかりじゃないと考えてもいいさ。今は書けなくても、苦労すればきっとまたいいものが書けるよ」

そして彼は、決まって最後に付け加えた。

「人間は生まれる時も独り、死ぬ時も独り。僕らはいくらでもサポートするが、誰もおまえを治せない。治すのは自分自身なんだよ」

長女は二十六歳で広告代理店に勤め、その頃は家から福岡支社へ通勤していた。

「のんびりしなさい。ゆっくりしなさい」というのが娘の口癖だった。

「焦《あせ》ってはだめよ。今までさんざん働いたんだから、ママが休んだって誰もなんとも思わないよ。そして元気になったら、またいくらだってできるでしょう。焦らずに時を待つこと」

ちょっとした伝言メモの末尾にまで、彼女は「のんびり、のんびり」と走り書きした。

　息子は学生で東京にいたが、帰省するたびに私が元気を失っているのに驚いていたようだ。

「たぶん今の苦しみは、ママに必要なことなんだよ。いつかきっと、それがわかるんだよ。今はつらいばっかりだろうけれど、いつかわかる時がくるよ。それにね、病院のベッドに縛られている人のことを考えてみなよ。そのことを思えばはるかにいいじゃないか」

　息子は開高健氏の愛読者だった。

「五体満足なアーティストなんて一人もいないんだ。自分の身体《からだ》を傷つけない程度のエネルギーでやっていたんじゃ、人に訴えるような仕事はできないんだよ。ママもそうやってエネルギーを使ってきたんだ。今はそれを補う時なんだよ」

　いかなる鎮痛薬も効果のない私にとって、痛みから解放される唯一《ゆいいつ》のすべは「眠り」だった。が、痛みと先行き不安とで眠れない夜が重なるようになった。入眠剤の量が増えるのはどうしようもなかった。今夜は我慢しようと昼間は考えていても、ベッドへ入る頃には、今いっときだけこの苦痛を忘れたいという誘惑に抗しきれなくなり、一錠、また一錠と薬を口に入れた。

十月なかばの夜更《よふ》け、私は夫の安らかな寝息を聞きながら、そっとベッドをすべり降り、ベランダへ出た。また腰が噴火を始めたように痛み続け、いくら薬を服《の》んでも寝つけなかった。

虫の声はすでに止《や》み、冷え込みはさほどでなかった。庭木のシルエットが黒々と眼前で静止していた。

いつか本当に治るのだろうか？

もしかして、もう治らないのではないか？

静寂の中で、それまでにない鋭い恐怖が私の胸を刺し貫いた。このままでいたら、いずれ廃人になってしまう。もう二度と元に戻れないのなら――死んだほうがいい。

たぶん私は、ジッと待つことや耐えることが苦手で、短気で見栄《みえ》っ張りなのだ。それにしても、あまりに惨《みじ》めな姿を人に晒《さら》し、同情の的になるくらいなら――。積極的に自殺するというより、どうにも生きていられなくなるのではないか、といった妙に冷めた観測もあった。

「治すのは自分だよ」と、さっきも夫がいったことばが耳に甦《よみがえ》った。

生まれるのも独り、死ぬのも独り、そして病むのもまた独りなのだった。

実際、病むことは孤独だと思う。痛みがひどい時ほど、それは実感された。たとえば同じ景色を見て、同じ食べ物を口にしても、そばにいる人たちと同じように感じることはできない。自分は痛みというフィルターを通してしか、風景も食物も味わうことはできない。疼痛の檻《おり》の中に独り閉じこめられている——。


病む時は病むがよし。

死ぬ時は死ぬがよし。


良寛禅師のことばが思い出された。

病む時は病むがよし。

この時私はそのことばに縋《すが》っていた。今の自分には、痛むこと、苦しむこと、病むことがいちばん正しい姿なのだ。これが天命に則《のっと》った最善のありようなのだ。そう信じようとした。そうでもなければ気が変になりそうだった。

第三章　世に腰痛者と名医は多い

〈疼痛《とうつう》が総蜂起《そうほうき》をはじめた。某夜ふいに右半身が板を張ったみたいに硬直して息もできなくなった。そうかと思うと、正午すぎに芽を出した疼痛がじわじわとひろがって夕刻には半身不随になり、夜になるとズボンをぬぐために体を曲げることもできず、息もつけないというところまで陥《お》ちこんだ。苦痛に耐えかねて息をつこうとすると、それが針を刺したように全身にひびいて、息をとめるしかない。（中略）徹夜でまんじりともできなかったことがあり、まるまる一昼夜にわたって苦しめられたこともあった。

そんな激痛なのに医学的には何もないといわれる。荻窪《おぎくぼ》の東京衛生病院のアメリカ人のカイロプラクチックの先生も人間ドックの精密検査の先生も口をそろえて、内臓、筋肉、骨、関節、どこも悪くない、故障は何もない、というのだった。台風の去ったあと、あれは風だったといわれるようなものである。そして療法としてはエクササイ

ズ（運動）あるのみです。水泳がよろしい、といって釈放された。〉（開高健『夜と陽炎《かげろう》　耳の物語＊＊』新潮文庫）

症状があって、医学的には何もないといわれ、運動を勧められる。私と同じようなケースの方がほかにもいたのだと確認するだけでわずかに救われる。

いや実際、自分が腰痛になってみてわかったのは、世の中にはいかに腰痛患者が多いかということだった。私の感じでは、四、五人集ればその中の一人くらいは、実は自分も、といい出す。苦しんだ経験があるか、長年抱えているか、目下通院中のいずれかである。現に私の夫も椎間板《ついかんばん》ヘルニアと三十数年も付合っていることは先に書いた。

七月に上京した時だったか、飛行機に乗ってすぐ私がシートを倒すと、スチュワーデスに離陸まで立てておいてほしいと注意された。私は腰痛のことを簡単に話し、いよいよ離陸の時には立てますからと断って了解してもらった。

水平飛行に移り、私がまたシートを倒していると、さっきのスチュワーデスがやってきた。私の様子を気遣ってくれた上で、「実は私も腰痛で三カ月休職したことがありました」という。

「あの時は立ってても寝てても、どうやっても痛いので、本当につらかったです」

彼女が立ち去ると、ほどなく今度はパーサーが歩み寄ってきて、私のそばに屈《かが》んだ。

「いやあ、私も経験があるんですよ。腰は大変ですからねえ」と話しかける。

「慢性のギックリ腰みたいになりましてね。モスクワ勤務の時でしたから、寒いし痛いしでひどい目にあいました」

後ろが空席だったため、着陸時はシートを倒したままでいいことにしてくれた。

同じ腰痛でも、程度や症状は千差万別だが、ほとんどの人に共通するのは、「患《わずら》ってはじめて、腰が身体《からだ》の要《かなめ》だという、文字の意味を悟らされた」と述懐することだ。

私もつくづく同感というほかない。

重症の腰痛に長く苦しみ、その末に治った人の経験談が、私には何より慰めと励ましになった。苦しみが長いほど、そして完治したケースほど好ましい。

たとえば、娘の会社の先輩の母堂が、挙措動作いちいちに不自由する腰痛に捉《とら》えられ、ただひたすら神経科へ注射を打ちに通うだけの毎日を二年続け、ようやく快方に向かってついに治癒したという話。

あるいは、私より少し若い編集者が、私とは多少症状はちがうが、夜も眠れぬ、気が狂うかと思うほどの腰痛と三年半格闘した末、今はやっとらくになっているという生々しい体験を打ちあけてくれた。

これは腰痛ではないが、高校の同級生がとりわけひどい五十肩で、もう治らないのではないかと悲観していたが、三年でやっと解放された。

迎えの車に鞄《かばん》だけのせ、自分は神楽坂の自宅から赤坂の会社まで歩いて通って十年来の腰痛を緩和させたという大企業の社長――。

そうした経験者からの便りには決まって「必ず治る」と記されている。

〈急にさっぱりする訳にはいかないと思いますが、必ずウソのように良くなる日がきますので……〉

〈普賢岳の爆発のように、積年のなにかがでてきたわけで、ゆるゆるおさめるしかない、と思っています。今でこそそう言えますが、かつては眠ることもできず、心中おだやかならざる日が何日も続きました。他人に説明しても理解されるたぐいのものではないですから。しかし、いずれかならずおさまるときがきますから。ご安心なさってください。〉

「神は私たち人間に耐えがたい苦しみは与え給《たま》わぬ」という聖書のことばを書き送ってくれた編集者もいた。

それらの手紙を、私はお守りのように大切に身近に置いていた。

福岡市在住の作家髙樹《たかぎ》のぶ子さんも、三十代で腰痛に悩んだ時期があったそうである。その経験から、彼女は独自の椅子《いす》を考案して今でもそれで仕事しているという話を聞き、ご自宅まで見せてもらいにいった。

彼女の椅子はかなりの程度後ろへ傾斜していて、それに凭《もた》れ、ちょうど良い角度に画板のような板がセットされている。そこに原稿用紙を固定して書いておられた。私も、少しでも腰にらくをさせる椅子を探そうと思い立った。とにかく腰の負担を減らし、積年の筋肉疲労を解消すれば治る理屈なのだ。

光安先生と、建築設計家の甥《おい》が付合ってくれて、フランスベッドなど何軒か家具屋さんを見て回った。上半身が少し持ち上る病人用のベッドに寝て、それに合わせた台を付けて書くという話も出たが、それでは腕や肩を悪くする恐れがあると光安先生がいわれた。結局髙樹さんのような、かなりリクライニングする革張りの椅子を購入した。簡単にそれに台を取り付けることもできないので、ひとまずは厚いボール紙に原稿用紙を止め、左手にそれを持って書くことを試してみた。ふつうの椅子よりはよほどらくにはちがいないが、時間が長くなるとやはり腰が無理になった。

同じ頃、知人が腹這《はらば》いはとりわけよくないと忠告してくれた。NHKの腰痛特集でいっていたという。私は大分慣れてきていた腹這いもあきらめ、原稿用紙をボール紙に止め、リクライニングの椅子でしばらく書いて、つらくなると寝て書くようになった。

横になってしまうといよいよもって気持が落ち込む。イメージも膨らまない。文字通り、人物が立ち上ってこないのである。しかも、横になっていても、腰は容赦なく痛んだ。鉛を詰めたように重く怠《だる》い時もある。

でも、寝て書いたのは私だけではない。子規はもとより、安岡章太郎氏がカリエスの闘病中ベッドで執筆されたことはよく知られているし、仁木悦子さんも『猫は知っていた』を病院のベッドで書いて第三回江戸川乱歩賞に当選したのだ。笹沢左保氏も交通事故のあと長い間、寝て書く習慣がついたと聞いている。寝て書けないはずはないと、私は自分を叱咤《しった》激励した。

カメラマン出身で映画製作会社を経営する金田一正根氏が、私を撮影するためにスタッフと共にわが家を訪れた。私の作品を原作とするテレビドラマを長年にわたって多数製作していて、昵懇《じっこん》の間柄である。今度は〈夏樹静子サスペンス・シリーズ〉の前後に、私の談話や散歩する様子などを画面に出したいということだった。

陰鬱《いんうつ》な秋霖《しゅうりん》がしんしんと腰にしみ入るように痛む日だった。ところが会って聞けば、彼もまた腰痛経験者であった。五十歳前後の彼がまだ三十すぎのカメラマン時代、今の私とそっくりの鈍痛と倦怠感《けんたいかん》に悩まされた。

「あの憂鬱は本当に経験した者でないとわからないよねえ。毎日家中に当り散らしていたなあ」

重い機材を担《かつ》ぐカメラマンはもう一生できないと観念した。十カ月ほどたった頃、タクシーの中で考えこんでいると、運転手さんに話しかけられ、中国鍼《ばり》の治療院を紹介された。そこへ行って治療を受けると、たった一回で翌朝完治したという。

「騙《だま》されたと思ってとにかく試してみませんか」と彼は熱心に勧めてくれた。

「ぼくがちゃんとついて行ってあげるからさ」

私はその週末に上京した。底をつきかけた預金残高をまたコツコツ貯《た》めるように、筋肉さえ鍛えれば治ると信じてひたすら水泳に励んでそろそろ五カ月、薄紙一枚ずつでも好転しているのならまだしも、少しも良くならないどころか、むしろジリジリと悪化している。私の水泳への信頼は揺らぎ出し、よく人に聞く「何かにぶつかって劇的に治る」パターンを再び期待し始めていた。

約束通り、彼は赤坂の喫茶店で私と落ち合い、ほど近い治療院へ連れて行ってくれた。そこでは鳥倉先生とはまた別の、かなり太い鍼を腰部に刺し、「トントントン」と規則的な刺激が伝わってくる。私が自宅の機械で時々やっている低周波を、太い針でより深部まで伝えるものだと説明された。

翌日から効果が出るという彼のことばを信じて楽しみにしたが、一向変った様子はなかった。翌日もう一回治療を受けてから、福岡へ帰った。二日ほど少しらくなような気もしたが、やがて元へ戻ってしまった。

十月には兄の五十嵐《いがらし》均が別の先生を紹介してくれた。兄は東京・中目黒に住んでいるが、その隣家が慈恵医大出身の開業医の自宅だった。その先生と時には患者の紹介もしあっている、鍼と気功をする劉勇《りゆうゆう》先生という方で、当時大関だった曙《あけぼの》関の東洋医学の主治医でもあるという。とにかくたいへんな名医だと聞くと、私は無理をいってその先生に福岡まで来て頂くよう頼みこんだ。

自宅へ到着された劉先生はまだ三十代の小柄な中国人だった。彼は、私が四回の開腹手術を受けたことが大きな影響を及ぼしていると、言下にいった。赤坂の中国鍼の治療院でもいわれた。とにかく東洋医学の先生方は例外なく手術にこだわった。それから、冷やすのはよくないと、水泳を禁じた。治療は鍼を何本か打ち、あとは気功の混ざった独特のマッサージだった。その日に限って私は特別に調子が良かった。

治療を終えた劉先生が「さあ、坐《すわ》ってごらんなさい」という。私はソファに掛けた。しばらくたっても痛くならない。奇跡が起きて治ったような気になった。夫も娘も大喜びして、夜は接待。私もいっしょにフグを食べ、クラブにも付合った。クラブの椅子はとりわけ柔らかいが、不思議に坐れた。私は久しぶりにいい気分になってカラオケまで歌った。

翌朝も帰る前に彼がもう一度家へ来て、同じ治療をしてくれた。しかし、残念ながら、彼が帰京したあとの夕方から、痛みが戻ってきた。それでも今度は、何か効き目がありそうな気がした。夫も勧めるので、東京でしばらく治療を受けようと決心した。

十月の後半、私は兄の家に逗留《とうりゆう》して、毎日京橋の劉先生の治療院へ通った。運動のために祐天寺駅まで歩き、東横線と地下鉄を利用した。

治療院で、来合わせた見知らぬ患者さんが、ここでどれほど良くなったかという話を熱心に聞かせてくれたりする。私は身体が怠くてなんともつらい日もあったが、東京にいる間比較的良好な状態が続いた。ところが、仕事で上京した夫といっしょに福岡へ帰る朝になって、激しい痛みがぶり返した。ともかく予定通り帰宅した。

結局、元の木阿弥《もくあみ》であった。

思うに、気功の中川先生の時もそうだったが、「たいへんな名医」といったふれこみがあると、こちらが暗示にかかって、一時的に治ったような気になるのかもしれない。（勿論《もちろん》、本当に治る人もたくさんいるだろう）そして、世に病人が多いと同様に、さまざまの「たいへんな名医」もまたおおぜいいるのであった。私はそのことに追い追い気付かされていく。

福岡へ帰れば、やはり光安整形外科へ通った。光安先生には、コントロールタワーのように、すべての治療をありのままに報告していた。劉先生には水泳を止められ、しばらく遠ざかっていたプールへもまた通い始めた。もういいかげん筋肉も付いて、預金が貯ったはずである。どうしてちっとも痛みがとれないのでしょうと、私は繰返し訴えた。自律神経失調と、先生も同じ答えだ。

「水泳は自律神経を調整するのにも効果があるんですがねえ」

彼が極めつきの水泳信奉者であることが私にもわかり始めていた。

「精神科で自律神経失調の薬をもらったらどうでしょうか」と私がいうと、それも一案ではあると彼は認めた。

夫の同級生の精神科医に、鎮痛剤と精神安定剤を処方して頂くことになった。小説の取材をさせてもらったりして私も親しい長崎の精神科病院院長・能登原《のとはら》勉先生が、いろいろな薬を送って下さった。ソルトン、レスリン、トリプタノール、セルシンといった薬をつぎつぎと試された。以前眼精疲労の時、彼からリーゼという筋弛緩《きんしかん》性の安定剤を頂いて一時的に卓効があった。しかし今度はなかなかそうはいかなかった。

長崎に住む彼は、ほとんど電話だが、私の話にゆっくりと耳を傾け、「おつらいでしょうねえ」とだけ心のこもる声でいった。深い包容力を感じさせる彼が、軽々しい気休めをいわず、静かに話を聞いて下さるだけで、私はどれほどか慰められた。クリスチャンである彼も「神は私たち人間に耐えがたい苦しみは与え給わぬ」という聖書のことばを引いた。

西日本新聞の文化部記者の頃から長年のお付合いの花田衛《まもる》さんが自伝風の本を出版され、そのパーティにちょっと顔を出すと、彼もまた相当な腰痛を経験していたことがわかった。

「野菜スープを飲みなさい」と勧め、あとでその本まで送ってくれた。野菜スープの効用がマスコミで取り沙汰《ざた》され、ブームになりかけた頃である。わが家には複数のお手伝いさんが交替で通ってくれているが、彼女らは人から良いと聞くことは何でも全部やろうという姿勢で、多種類の野菜を使って毎日スープを作ってくれた。その熱意に押され、私はついに岡本さんのかねてからの提案である池を埋めることに同意した。

やはり福岡在住の作家白石一郎さんが、週一回上手なマッサージを受けている。彼がその人を紹介してくれ、途中で別の人に替ったが、十一月から十二月には一日おきにマッサージを受けてみた。

花田さんの紹介で別の外科医院の鍼も試してみた。サウナが効くといわれれば、行ってもみた。腰や背中にテープを貼《は》る療法もやった。以前働いていたお手伝いさんが、熱湯で患部を温める〈温熱療法〉の器具を持って毎晩通ってくれた時期もある。

かと思えば、行きつけの美容室の店主石川靖紘《やすひろ》さんが、病気の原因は生体内のプラス電気の過剰な蓄積のためだという。彼は家まで来てくれて、私の足の裏につける銅板を作り、そこからコードを庭まで伸ばし、先に付けたアース棒を土中にさしこんだ。私は毎晩その銅の草履みたいなものをはいてベッドに入り、寝ている間、体内の電気をアースしたりした。

本当に数えきれないほどいろいろなことをやった。思い返してみると自分でも呆《あき》れるくらいで、涙ぐましいといおうか、懲《こ》りもせずといおうか。根気よく続けないからいけないといわれるかもしれないが、鍼とか気功とかマッサージとか、その種の物理的（?）な治療は、効くものなら二、三回で何らかの反応が出るのではないかと私は思う。数回も続けていささかも変化がなければ、ああ、これもダメだったかと希望が持てなくなる。通院する場合には、通院そのものもかなりの負担になった。電車などがもうしだいに無理になって、ほとんどタクシーを使ったが、たいていはスプリングが壊れかかった弾力のないシートに、十分くらいは横坐りの恰好《かっこう》で乗り、あとは肱《ひじ》をついて横になるほかない。運転手さんに気付かれて「気分でも悪いですか」と問われる時が恥ずかしかった。

それでもなお、つぎからつぎへと新しい治療を追い求めたのは、「治りたい一心」の一語に尽きる。治療者には失礼だが、「ヘタな鉄砲も数撃ちゃ当たる」式の考えが心底にあった。こうしているうちに、きっとどこかで何かにぶつかって、ウソのように治るだろう。

相変らず私の手帳《てちょう》には○×△がめまぐるしく入り乱れている。どうすれば少しでもらくになるか、何をすると非常に悪いのか、依然としてさっぱり摑《つか》めない。痛みの程度は天候、寒暖、睡眠とさえほとんど関係がない。その記録もこの頃にはずいぶんと細分化されて、良いほうから順に○△⃝○⃤△×⃤×といったあんばいでいささか偏執的となり、××というのも加わって、さらに「極」など書き添えてある。痛みが極まってただジッと棒のように寝ていたという日である。あんまり痛いと本を読んでもほとんど頭に入らない。○のほうが多いならまだしも、それはいたって稀《まれ》で、△か×⃤が圧倒的だ。加えて、例の背中に鉄の甲羅を貼られたような、這って歩きたいような倦怠感がしばしば襲ってくる。

結局、発症初期より少し悪化した状態で師走《しわす》を迎えてしまった。年が明ければまる一年になる。

杉岡教授と同期で、夫がとりわけ交誼《こうぎ》を頂いている内科の村山暁《さとる》先生が、「自分は心因ではないかと考えるが」と断った上で、それも含んでもう一回九大で検査を受けてはどうかと勧めて下さった。

十二月初旬、整形外科では、やはりこれという原因は発見されなかった。翌日には神経内科の後藤幾生教授の診察を受けるよう指示された。ここでは脊髄神経系統の疾患を検《しら》べるそうであった。検査はいたって単純なもので、手を握らせて握力を試したり、教授の手を押し返させたり、あちこち叩《たた》いて反射運動を見たり。小さなブラシで右頬と左頬を撫《な》でて、同じように感じるか、冷たいものを両側に当てて、同じに感じるか。真直《まっす》ぐ歩けるか、サッと横を向けるか……等々を延々とやられた。あまりの単純素朴なテストに、私はついクスリと失笑してしまった。それに気付いた教授は、「ずいぶん原始的なことをやっていると思ってるんだろう」と自分も笑われた。「でもね、これで全体のことがわかるんですよ。レントゲンでは部分しかわからない」

そういいながらも、頸《くび》から背中のレントゲンを撮った。こちらも異常なしだった。

「いやぼくもね、おとつい東京へ行って、ホテルでテレビを視《み》てるうちに腰が痛くなってきてね、売店で売ってた湿布を買って貼ったら翌日すっかり治りましたよ。あれは何といったかな。調べてあげるから、あなたも貼ってみたらどう？」

私は内心で溜息《ためいき》をついた。ああ、私はそんな簡単なものじゃないんだ。湿布を貼っただけで腰痛の治った教授がしみじみと羨《うらや》ましかった。

しかしながら――ほどなく私は後藤教授の急死を知ることになる。彼は私の診察後間なしに異常を訴えられ、肝臓ガンが発見されて翌年早々に他界された。腰痛も症状の一つであったらしい。

あんなに羨ましいと思ったお元気そうな教授が、その後二カ月もたたずに亡《な》くなられたことを聞いて、私は人間の命について考えずにはいられなかった。

人間は誰しも自分ではわからない運命を定められているのではないか。よくいわれるそんなことを、私は以前より強く意識するようになっていた。人にはそれぞれの性格があり、資質があり、価値観があり……そして運命もある、と。私は自分のこの頑固な腰痛を、運命と受け止め始めていたのかもしれない。

十二月中旬には、これも杉岡教授の意向で、精神科の田代信維《のぶただ》教授の診察を受けた。田代教授は私の話をつぶさに聞いたあと、開口一番あっさりといわれた。

「それは凝りですよ」

それから腰の筋肉の凝りをほぐす体操を、ベッドの上で自ら実演して下さった。赤外線を患部に照射する器具も勧められた。薬も処方された。朝、目覚めたと同時に口に含めという指示である。

「この薬は効きますよ」と彼は太鼓判を押した。

「でも、これで効いても本当に治ったわけじゃない。凝りを取る体操を続けなさい」

私はすぐさま赤外線の器具を取り寄せ、体操も実行した。薬はアビリットといった。教授が保証した割には、大した効き目はなかった。それが鬱病《うつびょう》の薬であることをあとで誰かに教わった。教授は凝りと鬱病と、どちらを本気で疑っていたのだろう？

一九九四年の新春が明けた。

正月すぎ、親しい女性編集者が電話で様子を尋ねてくれた。相変らずだと答えると、

「案外、冷えじゃないんですか。お宅は広くて鉄筋だから。見るからに冷えそうなお家《うち》だし」

同じようなことを、森村誠一さんからも指摘された憶《おぼ》えがあった。

「編集者がね、夏樹さんの家は硬い感じの冷えそうな家だからといってましたよ。家の中をうんと温くしたらどうですか」

そういえばわが家は居間もダイニングも書斎も、ほとんどが板張りのいわゆるフローリングである。健康な時にはサラリとして心地良かったが、冷えるといわれれば確かにそうだ。なるほど、原因は案外そんな単純なところに伏在していたのかもしれない。

私はもともとこうと思ったらすぐさま実行に移すたちで、おまけに今は治りたい一心。数撃ちゃ当ると信じている。

その日のうちに家を設計した夫の甥《おい》の建築事務所に電話を掛けた。まもなく、居間とダイニングに絨毯《じゆうたん》が敷かれた。さらにその上にホットカーペットを敷いて、常時通電しておくようにした。こちらはスラックスの下に厚いタイツをはき、寒さの厳しい日には〈はるカイロ〉を貼った。

腰湯といって、ぬるめの湯に長時間腰まで浸《つ》かると芯《しん》から温《ぬく》もると、ほかの女性編集者が雑誌の記事まで送ってくれた。これもなかなかのようだ。三十八、九度のお風《ふ》呂《ろ》に腰まで浸かって、二十分我慢した。二十分でも何もしないでは耐えがたく、私はラジカセを持ちこんでカセットテープを聴いていた。上がるとすぐ、パジャマの上に厚いガウンを着る。寝る時にはパジャマの上から駱駝《らくだ》のモモヒキをはいた。

冷えが原因なら、もうこれ以上することは見当らなかった。

寒波が峠を越え、むなしく冬がすぎて、また春がめぐってきた。

三月十五日に〈サンデー毎日〉の連載小説『デュアル・ライフ』の最終回の原稿を送った。こういう体調で寝て書きながら、一回も滞らずに約十カ月の連載を完結できたのにはともかく安堵《あんど》したが、いつも一仕事終えたあとに味わうほのかな快い充足感は湧《わ》いてこなかった。なんといっても身体《からだ》が悪いと、物事に心底喜びを感じられない。発症以来一年二カ月で、私はこの長篇連載と、短篇を三つ書いただけだった。


夫には精神科医の親しい同級生が二人いて、長崎の能登原先生と、もう一人は大分県中津市で開業している向笠《むかさ》広昭《ひろあき》先生といわれる。彼も私の様子は知っていたが、そのうち治るだろうと軽く考えていたらしい。が、二年目に入ると首をひねった。

福岡のわが家へ寄られた折、「疾病《しっぺい》逃避」ということばを私ははじめて彼の口から聞いた。

「あなたは心の中では本当は仕事をしたくないんじゃないか。しかし、その口実が見当らないので、病気をつくっている。つまり病気に逃げこんでいるのではないか」

登校拒否児童が朝お腹《なか》が痛いといい出す。仮病ではなく本当に痛いのだが、さりとて何の病気でもない。その子は自分でつくり出した腹痛を口実に学校を休んだのだ。

そんな例も引かれた。私は、絶対に逃げるような気持はないと反論した。それどころか私は書きたくて書きたくてたまらないのに、身体がいうことをきかなくて切歯扼腕《せっしやくわん》しているのだ。

彼はひとまずコンラックスという筋弛緩剤とアリナミンの注射を続けて打ってみようと提案した。

注射は近くの良永先生にお願いした。毎日病院の帰りに私の家へ寄って、十回ほど打って下さったが、症状は変らなかった。

「思いきって入院してはどうか」と、向笠先生が勧めた。中津に〈川嶌《かわしま》整形外科病院〉がある。院長の川嶌真人《まさと》先生は五十歳前後、専門の高気圧酸素治療では学界に名を知られ、人格的にも素晴らしい方だという。とくに腰が専門というわけではないが、大きな病院には理学療法士のいるリハビリルームも完備している。

「中津なら編集者も来ないだろうし、電話も知らせなければいい。しばらく完全に自分を仕事から遮断してみたら、何かが変ってくるんじゃないかな」

発症から一年三カ月になる九四年四月、私は川嶌整形外科病院に入院した。中津までの約二時間は夫の運転する車の後部シートに横になって行った。空も街並も、あるいは本の活字も何もかも下から仰ぎ見る視界が私の通常になっている。早い時期から予感していたことが現実になってしまった。

病院は街道沿いではあるが、青々と広やかな畑と田圃《たんぼ》の真ん中に建っていた。川嶌先生はまさに明朗快活、高気圧循環学会などで世界中をとび回る傍ら、中津の医学史を長年研究されて著書もある。中津は福沢諭吉の出身地として名高いが、日本の蘭学《らんがく》の開祖といわれる前野良沢や、九州で最初の人体解剖を行った村上玄水、日本で最も早い時期に種痘をした辛島正庵等々、医学史に足跡を残した人々を多数輩出しているのだった。

若い女性の理学療法士による筋力テストが行われ、それによって私のリハビリ体操のメニューが組まれた。

午前中は散歩が許された。病院の裏には川が流れて魚影に混じって大きな亀《かめ》が泳ぎ、鴨《かも》も姿を見せた。日豊本線の線路が長々と畑を横切り、真赤なレッド・エキスプレスが走りすぎる風景は、なぜかアガサ・クリスティの小説を思い出させた。彼女のお墓がロンドン近郊の、やはりレールの響きが伝わってくる草原にあったことからの連想だろうか。彼女は自身のことを「平凡で幸福なよく働く作家」と称していた。その点だけは私も自分をそう思ってきたつもりだったのに――。

陽春の農家の庭先には花々が実に色とりどりに咲き乱れ、こんな多種類の花があっ持になった。小さなことにも救いを求めていた。

午後からのリハビリ体操は、主に腹筋、背筋を強化するもののようで、約一時間。少しくらい腰が痛くても我慢して、例によって私は精一杯頑張った。水泳がダメなら今度は何がなんでも体操で筋肉を鍛えるのだという意気込みである。

だが、川嶌先生の意識は少しちがっていたのかもしれない。

私の主治医は院長なので、彼は毎朝八時の回診に必ず私の部屋に姿を見せて下さる。

「お早ようございます。さあ、今日はどこが痛いですか」

朗らかな声と共に彼が入ってくるだけで、部屋中が明るくなるような印象であった。しかし、そのお決まりの朝の挨拶《あいさつ》は、いみじくも彼の私に対する姿勢を物語っていた。

私は決して毎日あそこが痛い、ここが痛いと訴えるわけではない。痛いのは腰だけだ。が彼は、私の腰痛を「典型的なストレス性」と診断し、とにかく私が何をいっても逆らわず耳を貸してやり、なるべく快適に一、二カ月もここで過ごさせておけばおのずと快癒すると考えておられたようだ。

「何事もファジーに」が私に対する口癖だった。今までの私の生き方が、仕事はもとより、この腰痛への対処にしても、がむしゃらに頑張りすぎ、と見通しての忠告であろう。

先生はさっそく図書館へ出向いて、私の著作の多いのに驚いたともいわれた。

「あれだけ書けばもう充分じゃないですか。これからは退却戦を戦うようなつもりで、暢気《のんき》にファジーにやってください。そうすれば腰痛なんて自然に治りますよ」

私は入院中だけつけていた日記に「頑張らない人生を」と書いた。

向笠先生も定期的に訪れて話を聞き、安定剤を処方された。私と同年の美しいメイ子夫人が心尽くしのお菜を届けて下さった。院長夫人も休日に外食に誘って下さる。

転地効果もあってか、しばらくは調子の良い日が続いたが、やがて再び疼痛《とうつう》が勢いを盛り返した。よほどひどい時には川嶌先生が局所鎮痛剤を打たれたが、あまり効き目はなかった。

私の入院は徐々に東京の編集者へも伝わり、お見舞に来てくれたり、電話も掛かるようになった。

自分も三年半苦闘した体験を打ちあけてくれた編集者が、電話で私の一進一退の状態を聞くと「石の上にも三年ですよ」という。経験者だけに説得力があって、私は励まされる。彼と話すたびに私は西行の歌を心に浮かべた。

さびしさに堪へたる人のまたもあれな、庵《いほり》ならべむ冬の山里

「さびしさに堪へたる人」とは世を捨てて出家した西行自身で、そんな人がほかにもいれば、さびしい上になおもさびしい冬の山里で庵を並べて語り合おう、といった意味であろう。私は「さびしさに」を「腰痛に」と替えてみたくなる。それくらい、いつ治るともしれぬ腰痛のつらさ、やるせなさは、経験した人でないと想像もつかないだろうと思う。

入院中の私は、体操と散歩以外はベッドに横になり、仕事といえば短いエッセイや人さまの本の推薦文を書いたり、短篇集『一瞬の魔』のゲラを直したりしていた。

家からの電話で、娘の東京転勤の話が持ち上った。広告代理店の福岡支社に勤務する彼女は、もともと東京入社の総合職なので、四、五年もたてば東京本社へ戻ることは最初からわかっていた。本人もやはり東京で仕事がしたいらしい。いよいよ上司から打診があったが、私がこんな状態で本当にかまわないだろうかと娘が念を押す。私は以前の通り「かまわない」と答えた。たとえ私がどれほどか寂しくなっても、親の感情で子供の人生を歪《ゆが》めることはできない。夫も私も基本的に子供たちを自らの希望通りに進ませるという方針であった。

たまたま帰省していた息子が私の気持を察してか、友だちといっしょに姿を見せた。

「今は気合いを入れて我慢なさる時だと思います」

友だちが神妙な顔でいった。

私はやはり少し沈んでいたのか、川嶌先生が朝の回診のあと、もう一度部屋へ来て、母堂の話をして下さった。

院長の母堂は八十四歳でご健在。八十歳まで現役の歯科医だった。かなり早い時期の女性の歯科医であろう。非常な仕事熱心で、日曜でも夜中でも、患者が来れば断らなかった。盆栽、謡曲、俳句と多趣味な方で、ある日院長が所用で訪ねると、診察椅《い》子《す》で患者が口を開けている。母堂の姿が見えない。彼女は裏庭で盆栽を見回りながら、紙片に何か走り書きしていた。

「どうしたんです、患者さんが待ってるじゃないですか」と訊《き》くと、いや、今は型を取っているのでジッとしていてもらうほかはない。そのまに一句ひねっているのだという返事だった。

それくらい活動的な女性だったが、さすがに八十の声を聞く頃から、入れ歯の出来が遅いなどのクレームが患者から出始め、川嶌病院にまで持ちこまれるようになった。院長はそろそろ歯科医院を閉めてはどうかと母堂に勧めた。

ところが、引退の話が持ち上った直後から、彼女はあちこち身体の痛みを訴え始めた。俳句は一句もできず、盆栽には見向きもせず、お謡《うたい》の会へも出ようとしない。ついには寝返りもうてないほどの腰痛になって息子の病院へ入院した。

「母にとっては、どこまでも仕事あっての趣味だったんですね。でも、やがてようやく自分に折合いをつけて、閉院届けを出し、腰痛は完治しましたよ。診察椅子だけはまだ家に置いてありますがね。今は趣味を楽しみながら元気に暮しています。といっても、そうなるまでに三年かかったんです。三年間心身共に苦闘したんですよ。いつかはぼくだってそんな時期が来ないとはいえない。自分で仕事を持つ者の宿命だと思いますね」

私は約二カ月川嶌病院にいて、六月上旬に退院した。その間に一度中津から東京へ行った。私の『女優X――伊沢蘭奢の生涯』を原作とする戯曲を帝劇で観《み》て、第三回グリーン碁石囲碁大会に出席した。私の映像関係のエージェント〈ミストラル〉に勤める本間昭代《あきよ》さんが、段ボールを二枚重ねてきれいに紙袋に入れたものを拵《こしら》えてくれて、劇場ではそれをシートの上に敷いてシートを固くし、その上に少し腰掛けたり横《よこ》坐《ずわ》りするという苦肉の恰好《かっこう》で耐えた。以来私はどこへ行くのにもその紙袋を持ち歩くようになった。幸い比較的痛みのやわらいだ日に当り、とにかく東京を往復して来られたので、これからは好転していくだろうと院長は観測したらしい。

「器質的疾患がなくて一生腰痛だったなんて人は絶対にいませんからね。死因腰痛という話も聞いたことがないし。時間の問題ですよ。まあ、ファジーに、ファジーに」

帰宅後の数日間は、どうしたわけかとびきりひどい痛みが襲ってきた。ろくに身動きもできず棒のように横たわっている××の日々である。夜なら睡眠薬の力を借りて無理にも眠り、わずかの間苦痛を逃れられたが、夜半や早朝に目を覚ますこともまれではなくなった。そしていったん目覚めたがさいご、たとえその時痛みが止《や》んでいても、これから自分はどうなるのだろうという恐ろしい不安が押し寄せてきて、もう二度と眠ることはできなかった。

知人が電話で様子を尋ねてくれたので、

「いやもうこの一週間は痛くて死んでました」と答えた。それからふと考えた。本当に死んだら、すべての日が死んでいるわけだが、生きてさえいる限り、とくべつ痛い日だけは死んだと思ってあきらめていれば、ほかの日はまだ生きていられるのではないか、と。

なんだか、子規の望みがだんだん小さくなる話に似てきたような気がした。

娘の転勤は七月に迫っていた。

「私はね、希望しておいて今さら引っこめるわけにもいかないから、いったんは東京へ行くよ。でも、ママがどうしても悪いと思ったら帰ってくる。そこまでちゃんと考えているからね。頑張らなきゃだめよ」

ファジーに頑張るというのはなかなかむずかしい業だ。発症後ちょうど一年半、回復の曙光《しょこう》も見えなかった。

第四章　霊

　退院後三週間ほどした六月下旬から、思いがけない安息が私にもたらされた。神様も時々気紛《きまぐ》れないたずらをするのか、それともあまりに痛めつけるばかりが能でもないと方針を変えたのか。

　入院も結局めざましい効果をもたらさなかったと知った向笠先生が、

「あなたは案外鬱病《うつびょう》なんじゃないか」といい出した。私は九大の教授に受診した話もしたが、

「ぼくの抗鬱剤を試してみよう」と彼は決めた。診断的治療というものだそうで、

「もしそれが効いたら、あなたは本物のディプレッション（鬱病）なんですよ」

　抗鬱剤、筋弛緩剤《きんしかんざい》、精神安定剤、昇圧剤の四種の錠剤が中津から送られてきた。その服用と前後して、私は義兄の勧めでまた新しい電気治療院へ通い始めた。八十近いくらいの優しいおばあちゃんが患部に電気をかけてくれる。ポーッと温いだけの三十

分ほどの治療である。どういう電気なのか、とにかくセラミックを使っているという以外、何遍尋ねてもいまひとつ要領を得なかった。

ところがそれらを始めて二日目から、ふっと痛みが消えた。二週間、三週間とすぎても〇の日が続いた。新記録である。例のひどい倦怠感《けんたいかん》さえ影をひそめた。椅子《いす》に掛けるのだけはまだつらかったが、痛みがとれただけでも私には天にものぼる救いだった。どちらが効いたのかわからない。あるいは両方かもしれない。私はせっせと治療院へ通い、向笠先生の薬を服《の》んだ。鬱病でもなんでもいい、痛みがとれればいずれ自然と椅子にも掛けられるようになるだろうと信じられた。水泳を再開し、川嶌病院で教わったリハビリ体操にも励んだ。これでやっとよくなるのだ。

相変らず、仕事は横になってだが、『デュアル・ライフ』のゲラ直しが終わり、私は中断していた講談社の書下ろしミステリー『クロイツェル・ソナタ』の続きに着手した。四年ほど前二百枚ほど書き進めたところで眼精疲労がひどくなって中断した。その後の都合で連載が何本かはさまり、講談社には不義理をしていた。

七月なかば、娘が東京へ転勤する日が来た。私は依然調子が良かったので、明るい顔で送り出すことができた。

ついに○が続いたまま七月が終った。人間は勝手なものだと思うが、一年半もあれほど苦しんだのに、ひと月余りそれから解放されると、もうリアルな痛みを忘れてしまう。そして今度は、なぜ椅子にかけられないのかとじれったくなる。もう痛くないのだから何時間でも掛けられていいはずなのに、やはり三、四十分が限度なのだ。ただ、椅子の上に横坐《よこずわ》りすると一時間半くらいは凌《しの》げたから、なりふりかまわず、レストランでもそれで通した。

志摩半島の鳥羽に〈タラサ志摩〉というリゾートホテルがオープンし、そちらから招待を受けた。海水を利用した独自のセラピーもあるという。

八月中旬、私は二カ月近く痛みが消えて旅行の自信もついていた。三泊四日の予定で夫と保養に出掛けた。

朝の飛行機で名古屋へ飛ぶ。スーパーシートがないのでいつもの横坐りスタイルは無理だったが、なんとか一時間余り腰掛けて乗っていた。空港から名古屋駅までのタクシーは、夫に前に乗ってもらい、私は後ろのシートに寝た。私たちは以前九年間名古屋で暮したので、横になって見る風景も懐《なつ》かしかった。

一時すぎ頃、近鉄電車に乗った。「いけない」と感じ始めたのは三十分ほどたってからだろうか。近鉄のシートも奥行きが狭く、横坐りできなかったのが計算外だった。

腰掛けているのがどうにも耐えられなくなり、私はデッキに出てみたりした。が、揺れる電車の中で立っていることも、私の腰には相当な負担だった。名古屋から一時間四十分、立ったり掛けたりしてようやく鳥羽に着いた時には、二カ月ぶりに腰の痛みが復活してしまっていた。

新しいホテルも伊勢湾の眺望も素晴しかったが、私は取り返しのつかない失敗をおかしてしまったような憂鬱な予感に胸を塞《ふさ》がれていた。その予感は当って、ゆっくりお風呂《ふろ》に浸《つか》って休んだ翌日も腰は復調しなかった。ついにはメインダイニングの椅子の上に膝《ひざ》を折って食事する気力もなくなってしまい、三食ルームサービスを頼んだ。

帰りの近鉄電車は二席取って横になった。

それ以来、私はまた元の状態に戻ってしまった。減らしかけていた抗鬱剤をまたきちんと服み、電気治療院へも通ったが、もう痛みは去ろうとしなかった。こうなると、それらが本当に効いたのかどうかもあやしくなってくる。

おそらく私の腰は、とにかく何かの拍子で筋肉が良好な状態になり、約二カ月痛みが消えたけれど、飛行機と電車を乗り継いで旅行するほどの筋力はまだ回復していなかったのだろう。いい気になりすぎて無理したのが悪かった。なまじいったん喜んだだけに、逆戻りした落ち込みは激しかった。

九月、プールで福岡整形外科の看護婦さんに声をかけられた。

「徳永先生がどうしてらっしゃるかと心配しておられますよ。もう一度いらしてみませんか」

病院は家から徒歩で十分ほどのところだ。最初の受診から一年八カ月たっていた。

私はどうせまたベッドに寝させられ、足を持ち上げて「ビリッと来ませんか」などという診察があるのだろうと考えていたが、徳永先生は私の話を聞いただけで何もならなかった。そして開口一番いわれた。

「ねえ、夏樹さん、一から出直すつもりで、ただの主婦になれませんか」

「……………?」

「あなたは器質的にはどこも悪いところはないと思うんですよ。だから、今日の診察はキャンセル扱いにする。診察ではなく、ぼくのアドバイスです。ひとまず今までの仕事は忘れて、ただの主婦として生活してみてはどうですか」

「つまり、一人のオバサンとして……?」

「そう、オバサン……」

それは良永先生の意見とも共通しているように思われた。いつまでも第一線という執着がいけない、解脱《げだつ》せよと何度いわれたことだろう……。

十月三日には〈オール讀物推理小説新人賞〉の選考会がめぐってくる。昨年は欠席してしまったが、私は十六年にも及んだ選考委員を今年は退任させてもらう約束なので、なんとか最後の務めを果たしたかった。

そんな矢先、処女作以来二十数年の付合いの編集者が電話を掛けてくれた。

「この間福原治療院の福原先生にあなたの様子を話してみたんですよ」

福原治療院というのは東京都小平市にあるカイロプラクティックと鍼《はり》の治療院で、編集者自身もヘルニアを治してもらったところだった。最初は医学関係の出版社に勤める彼の弟さんの紹介だったというから、それなりの評価は定まっているのだろう。私の眼精疲労がひどかった時も、彼が一度連れていってくれて、私は福原先生と面識があった。

「先生はね、十回くらい通ってくれれば必ず治るというんですけどね」

カイロプラクティックというのはまだ一度も受けたことがない。未知のものほど期待が膨らんだ。

直接福原先生に電話を掛けて話すと、彼は明快に答えた。

「たぶんそれは尾骶骨《びていこつ》が折れ曲っているんだと思います。そのために仙腸関節が開いてしまって、そこが痛むんですよ」

確かに右側の背骨と骨盤の繋《つな》ぎ目あたりがとりわけ痛い。

「で、治りますか」

「治ります」と彼はこれ以上ないほどきっぱりと答えた。

今までそこまで具体的に原因を指摘して治ると請け合った人はいないのだから、今度はしばらく腰をすえて治療を受けてみてはどうかと夫も勧めた。

上京の前日からまた激しい痛みに見舞われ、家の中で立っているのもつらいほどだ。私はふと思いついて飛行機のスーパーシートを二席予約し、なるべく人目に立たぬよう最後列を希望した。

飛行機に乗ってみると、二席を仕切るアームがなかなか外れなくてひやひやしたが、スチュワーデス二人が粘り強く頑張ってようやく取り外してくれ、仮りのベッドが出来上った。羽田へ着けば、空港内くらいは歩けるが、外へ出るとすぐ迎えの車の後部シートに横になるのだ。

翌日編集者に付添われて訪れた福原治療院を見てまず驚いたのは、三年前一度来た時とすっかり様変りしていたことだった。失礼ながら以前は古い市営住宅のような質素な家だったが、今は煉瓦《れんが》造りの瀟洒《しょうしゃ》な洋館に建て替えられていた。それは治療院の繁盛《はんじょう》と、ひいては治療の成功率を無言で物語るかのようだった。

待合室のベンチで横になっていると、終って出て来た患者さんが、

「ああ、ぼくも以前はそうやって待ってたんだ。ここの先生は名医だからね、すぐ元気になれますよ」と励ましてくれる。

昨年京橋の劉先生に通った時にも、ほかの患者さんからその効能をとくと聞かされたものだ。良くなった人は誰にでもそれを宣伝したくなるのが人情なのかと、少しおかしかった。(勿論《もちろん》サクラと思ったわけではない)

福原繁《しげる》先生は四十歳前後か、堂々たる体軀《たいく》の方だが、全盲であった。診察は、下着一枚になった私を立たせて、背筋に沿ってすっと指を滑らせる。それだけでわかるらしい。

「やはり尾骶骨ですね」と断定的にいわれた。

「東洋医学では尾骶骨はチャクラーといって、自律神経の交差点のような大事な場所なんです。あなたの場合、それが右の内側へ折れ曲って、そのためにすべてが狂っている。尾骶骨を元へ戻せば、自然と仙腸関節が塞がって万事解決します」

「必ず治るんですか」

「治ります。それはもう目に見えているんですが、少し時間がかかるかもしれません」

治療の内容は、腰部に何本も鍼を打ち、そのあと特殊な機械のような台に寝させて、ガチャン、ガチャンと身体《からだ》を矯正するように機械を動かした。どちらも痛くはない。

「二、三回鍼で尾骶骨を持ち上げる努力をしますが、それでもうまくいかなければ、ゴム手袋をはめた指を肛門《こうもん》に入れて、尾骶骨を引っ張り上げます」

「それで治るんですね」

「必ず、必ず治ります」

私が念を押すたびに彼の答えにも力がこもった。仙腸ベルトという七、八センチ幅のゴムのベルトを腰に締めるよう渡された。

小平から中目黒まで、車で二時間近くかかって、兄の家へ帰った。

尾骶骨とは珍しい話を聞くものだと、兄は首を傾《かし》げた。念のため整形外科の主治医である光安先生の意見を聞いてみてはどうか。私は、たぶんそんなことをしても無意味だろうと思ったが、兄が熱心に勧めるので、福岡の光安整形外科へダイアルした。

これまた明快な反論が返ってきた。光安先生の意見は——

1、尾骶骨は尻尾《しっぽ》の残りにすぎない。たとえそこに多少の歪《ゆが》みが生じたところで何ら影響はない。

2、私の尾骶骨はレントゲンで見る限り、一ミリも曲っていない。

3、尾骶骨は引っ張って動くようなものではない。
結論として、その診断はナンセンスである。

私のほぼ予想した通りだった。東洋医学と西洋医学の考え方は基本的にちがうようだ。尾骶骨を自律神経の交差点と見るか、尻尾の残りと見るか、たとえ直接両者に議論してもらっても平行線を辿《たど》るだけだろう。キリスト教徒とイスラム教徒がどちらの神が唯一《ゆいいつ》の神かと議論するようなものではないか。要は私が福原先生に賭《か》けてみるかどうかだけの問題なのである。

新人賞の選考会は、銀座の料理屋で、脇息《きょうそく》によりかかってどうにかつとめた。椅子ばかりでなく、お座敷でも私は脇息がなければ十分と坐れないようになってしまっていた。だからどうしても会合に出る時は、あらかじめ電話で脇息の有無を確かめるのだが、最近はない店が増えてきた。若い仲居さんなど「きょうそくとは何でございましょう?」と不思議そうに問い返してくる。私は、テレビの時代劇で殿様が片手をついている台ですと説明しなければならない。

ほかの選考委員は逢坂剛《おうさかごう》、都筑道夫《つづきみちお》、森村誠一さんで、森村さんも相当な腰痛を抱えておられることを、私ははじめて知った。

「今日は来られないかと思ったんだけど、なんとか頑張って来た」といって、彼は着席する前に痛み止めの薬を塗るために別室へ消えた。彼もあちこち回った末、同じ編集者から福原治療院を紹介されていた。

「そのうちぼくも行くかもしれませんよ」と笑った。

私は週二回福原治療院へ通い始めた。遠くまで電車などを乗り継いでいく体力はないので、ハイヤーの後ろで横になった。渋滞すると二時間近くもかかる。私はカセットテープを聴きながら、ビルの上部と空を仰いでいた。そうしていると、つぎつぎと看板が視野を横切る。〈はり灸《きゆう》〉〈××整骨院〉〈○○カイロプラクティック〉……今までは目にも入らなかったその種の看板がなんと多いことか。患者もそれだけ多いのであろう。

三回目に行った時、鍼を打っていた福原先生が、私の右の腰の一部に何か異物感があるので、国立村山療養所の整形外科でレントゲンを撮ってもらってほしいといい出した。村山療養所は福原治療院からほど近い。

私はいわれた通り受診したが、部長の大谷清先生がレントゲンを念入りに検《あらた》めたあと、

「万一腫瘍《しゆよう》のようなものがあるといけないから、骨シンチグラフィを撮ってください」

「腫瘍? もしあったらどうなりますか」

「うーん」

「アウトですか」と私が笑いながら訊《き》くと、彼はもう一度「うーん」と唸《うな》ってから、

「まあ、どっちみち良性に決まってますがね」と、これはきっぱり答えた。

骨シンチグラフィの器械は村山療養所にはないので、私のいる中目黒の家からなるべく近い国立東京第二病院を紹介された。病院はどこでも混む。私はいつ呼ばれるともしれないで待合室の椅子《いす》に掛けて待つということがどうしてもできないので、福原治療院の受付の女性や、東京第二病院では娘が代りに待ってくれて、その間私は駐車場の車で休んでいた。

骨シンチグラフィは、台の上に大の字に寝て、全身に放射線を照射される。あまり気分のいいものではない。私の心は複雑だった。いっそ腫瘍でもなんでも原因が発見されて、それを切除してさっぱりしたほうがいいという思いと、やはり腫瘍は怖いという気持と……。

十一月初めに知らされた結果は、異常なし。その写真を見せて大谷先生に報告すると、「いやね、もし悪性のものがあったらいけないと思ったもんだからね」と微笑された。検査の前、彼が「どっちみち良性に決まってますがね」と断言したことを思い

出して、私は内心で苦笑した。勿論それは彼の心配りだったのだろうけれど。

こうした経緯の間に、実は別の奇妙なことが進行していた。

四、五回目くらいだったか、福原先生が意を決したように切り出した。

「いきなりこんな話はいけないと思って黙っていたんだけど、最初にあなたが来られた時から変な感じを受けていたんです。はっきりいうと、あなたには霊が憑《つ》いているんですよ」

福原先生は全盲ではあるが、さっぱりした知的な印象の方で、少しも神がかりのような、あるいは霊感療法的な雰囲気はなく、話しぶりも淡々としている。

「十年ほど前、ある男性が何か石油会社との関係の事業に失敗して、奥さんと娘さんと三人で入水《じゅすい》自殺したという事実があるはずなんです。もしその気があったら、調べてみられませんか」

因《ちな》みに私の夫は福岡に本社のある石油販売会社の役員を務めている。

「調べてどうするわけですか」

「その男性の霊は、あなたを恨んでいるのではなく、頼って憑くんです。だから、ご供養《くよう》をしてもらいたいのです。いや、それとあなたの病気とは直接関係ありませんが、ご供養してあげれば徳積みになります」

彼は、ここまではわかっているといって、三人の氏名、住所、生年月日、死亡年月日が点字で打たれ、横にそれを普通の文字に書き直した紙を私に渡した。住所は宮崎県延岡市であった。

私は電話でその話を夫に伝え、渡された紙を郵送した。もともと夫も私も霊などにとりたてて興味はなかったが、夫はもう何でもやってみようという心境になっていた。

彼は信頼できる知人に調査を依頼した。すると、話の通りの人物が実在していたことが判明した。夫の勤める会社ではなく、親戚《しんせき》筋の元売り会社からガソリンなどを仕入れていた販売店の経営者だったが、十年余り前ビルを新築した。そこには元売り会社直営のガソリンスタンドも入ることになっていた。ところが、ビルは建ってもテナントが全然入らず、どうしてかガソリンスタンドの計画も立ち消えになってしまった。資金繰りに窮した男性は、妻と次女を道連れに車ごと崖《がけ》から海へ飛びこんで心中した。そのあと、残された家族も離散状態だという。

夫は、うちの菩提寺《ぼだいじ》である浄土宗のお寺の和尚《おしよう》さんと延岡へ出掛けた。

いよいよご供養をするという朝になって、東京にいる私に電話が掛ってきた。墓地までは来たが、非常に広い墓地で、問題の人物のお墓がどこにあるのかわからない。墓地事務所など聞くところもなく、多数の墓碑の中から見つけ出すのが大変だ。

「福原先生に、お墓の位置がわからないか、尋ねてくれないか」

私は福原治療院へ電話した。

「さあ、そこまでは霊が何もいわなかったから」と先生は困惑気味である。話の様子では夜中に霊と会話を交わすらしい。

「今晩もういっぺん霊を呼び出して尋ねてみることはできるかもしれませんが、たぶん霊だって気がついた時には死んじゃって埋葬されてるわけですからね。お墓の場所まではわからないんじゃないかなあ」

わけのわかったような、わからないような返事であった。私は延岡に電話して、その通りを夫に告げた。夫は、仕方がないから順に墓標を確かめていくといった。

幸いお墓はまもなく見つかった。十年もたっているのに石碑もなく、木の墓標に死者の氏名が記されていたという。その前で和尚さんがお経をあげ、供養の儀式をした。終ったあとで、夫がまた電話で顚末《てんまつ》を知らせてくれた。

「ていねいにやってもらったからね。もう心配ないよ」

福原先生に報告すると、

「それは大変良い徳積みをなさいました」と満足したように答えた。

その後も私は週二回治療院へ通った。肛門に指を入れて尾骶骨を引っ張りあげるという方法が三回行われた。それで尾骶骨が動き、状態がかなり改善されたそうである。あとの治療は鍼《はり》が主だった。

徳積みをしても、尾骶骨が動いても、私の自覚症状にはいっこうにめざましい変化はない。

先日の話が本当になって、同じ治療院へ森村誠一さんも通って来られるようになった。たまたま一緒になり、治療が終ったあと、待合室でしばらく話をした。

「ぼくも一時はふつうの社会生活が送れなくなるんじゃないかという不安を抱いたくらいで、整形外科から整体、マッサージ、鍼、指圧、罨法《あんぽう》とかさんざんやったんだけどね。ここの治療が三回目くらいから効果があって、今はずいぶんよくなってますよ」

私は溜息《ためいき》が出るほど羨《うらや》ましい。

「私はもう休筆しなきゃならないかもしれません」と弱音を吐くと、彼は真剣な顔で反対した。

「絶対に休筆しちゃダメですよ。夏樹さんが書かなくなったら、ぼくは気抜けするなあ。やめちゃいけないよ。たとえ五月雨《さみだれ》的でも、とにかく頑張って続けなさい」と繰返し励まされた。

私が先に車に乗った。走り出した車の窓へ、彼は両手をメガホンにして怒鳴った。

「夏樹さーん、休筆しちゃダメだよォ！」

その声が夕闇《ゆうやみ》の街に響き、私の胸底にあたたかくしみ通った。


福原治療院へ通い始めて一カ月後の十一月初めから、痛みが消えてらくな日が訪れた。が、依然として椅子に掛けるのはつらく、正坐《せいざ》も脇息に頼らなければならない。

私は森村さんのことばを励みにして『クロイツェル・ソナタ』を書きあげ、原稿の手直しにかかった。〇の日はひと月半ほど続いたが、夏の旅行の失敗が忘れられず、いつまた逆戻りするかもしれないと、心が安らがない。たとえば寝た子をそーっと起こさないようにしている感じで、まだ本当に治ったとは思えない。本復したのなら腰掛けられるはずではないか。

十二月中旬に私はひとまず福岡へ帰ることにした。福原先生は「まだ七合目」でもう少し治療を続けたい意向だったが、私は悪くなったら再び通院すると約束した。年の瀬が迫っている。

昨年劉先生の治療を受けた時にもそんなことがあったが、またも意地悪く、明日帰るという前の晩になって、じわっと痛みが甦《よみがえ》ってきた。何も思い当る原因はなかった。

歯をくいしばって飛行機に耐え、福岡の家へ帰り着くと疲れ果てていた。留守中山のように溜《たま》った郵便物を整理するのに、ホットカーペットの上に横になり、片肱《かたひじ》をつく姿勢さえ保てず、仰向《あおむ》けに寝て、目の上で鋏《はさみ》を使って封を切った。終っても動けずにジッとしている。「気を抜かれてしまったようだ」と夫が溜息をついた。

黒豆を煎《い》って酒とニンニクに漬けておいて飲むと血行が良くなって筋肉痛に卓効があると夫が聞いてくれば、翌日から実行する。

九五年の新年が明けると、私の腰痛もいよいよ三年目に入ってしまった。村山妙映さんという古い女友達が電話をくれた。十数年前、三十代なかばで岐阜県大垣市の市役所に勤めていた頃、ボランティアで私の本何冊かを点字本にした女性だが、その後離婚したり、いろいろ事情があって、日蓮《にちれん》宗系のお寺で得度していた。半年に一度くらい、「先生、お元気ですか」と電話をくれる。

腰痛を知ると、彼女はさっそくご祈禱《きとう》に行きたいといい出した。

一月中旬、彼女は弟子のような女性一人を連れてやってきた。こちらはあらかじめお供物《くもつ》の準備を指示されていた。それが大変である。野菜五品、果物五品をみんな賽《さい》の目切りにする。駄菓子五品。三合三勺《しゃく》の米を炊《た》いて四十九箇のお握りにする。牛乳、酒、味噌汁《みそしる》、お茶を別々の丼《どんぶり》に注ぎ、それら全部を仏壇の前に並べるのだ。

「とにかく何でも試してみましょう」と、岡本さんと、その日当番でない嬉野《うれしの》時子さんまで出勤してかいがいしく引き受けてくれる。

村山さんは仏壇の前で長いことお経をあげた。するとそのうち彼女の声が男のように変った。どうやら病死した二人の夫の兄の霊が乗り移って、彼女に何かを話させている気配だ。

「静子さんに恨みはないが、頼って憑いている。もっと心をこめた供養をしてほしい」と霊がいっていると、弟子の女性が翻訳してくれる。

村山さんは義兄二人の氏名を書いた卒塔婆《そとば》を作り、またお経をあげた。こういう供養を七回続けるとたいていの病気は消えるそうである。

「じゃあ、まあ、来られる時に来て下さい」

そこで彼女は翌月にもやってきた。例によって多様なお供物の前でお経が始まる。ひとしきり進んだあたりで、また何かの霊が彼女の口を借りて喋《しゃべ》り出す。今度は義兄たちではなく、相当古い霊らしい。

「建礼門院の霊と関わりがあります」と、終ってから汗びっしょりの彼女はいった。

「壇ノ浦で亡《ほろ》びた平家の公達《きんだち》の霊を弔ってもらいたいと……」

義兄たちくらいならまだしも、建礼門院に平家の公達ときては、これは大変なことになった。

村山さんはさっそくまた卒塔婆にそのようなことを書いて、前のと重ね、毎日お茶とお水とご飯をお供えしてお参りして下さいという。彼女がそもそも善意でやってくれていることはよくわかる。岐阜ではなかなか信者も多いらしいのに、時間をさいて日帰りで往復する。交通費はこちらで負担するが、ご祈禱代としては一万円以上は絶対に受け取らない。私は、まあこの調子で気のすむまでやって下さいといった。半分やけくそみたいな気持だった。が、彼女が帰ってしまうと、お供えもお参りも忘れてしまった。

一月末と二月初めにかけて、〈サントリーミステリー大賞〉と〈横溝正史賞〉の選考会があって、私は無理を押して上京した。肉体は苦痛でも、精神面では家にばかり籠《こも》っていると落ち込む一方の気持の紛らしようがなかった。一度シートを二席取って横になることを憶《おぼ》えると、もう坐《すわ》って行く気力が出ない。スーパーシートの仕切りのアームは整備の段階で外しておかなければならないと聞き、夫の親友の日本航空福岡支店長・塩田年生《としお》氏に無理をお願いした。以後何回かそのパターンで福岡・東京を往復し、私は支店ですっかり憶えられて不名誉な常客になってしまった。

サントリーミステリー大賞の選考会は、一般のそれとちがって、ステージの上での公開選考である。司会者と五人の選考委員がステージの上に着席し、約一時間半の討論で受賞作を決める。私は辞退の意向を示していたが、あと一回だけと慰留されて頑張ってみることにした。

この頃の私はどこへ行くにも椅子の上に敷く例の段ボールを重ねた紙袋と、脚を組んだ隙間《すきま》に挟む厚目の文庫本、それに背凭《せもた》れと背中の間を埋める小さなクッションを持ち歩いていた。それらに助けられて辛《かろ》うじて何十分間か椅子に掛けるのだ。子供たちは「ママの三点セット」と呼んでいた。

サントリーの選考会では、担当編集者が私にだけ特別固くて両側に肘掛《ひじか》けのある椅子を見つけてきてくれた。一方私は作品ごとの意見書を用意し、いよいよ耐えがたくなったら司会者にそれを渡して退場する。最後の票決の時だけまた出てくるという悲壮な約束を取りつけた。

さていよいよ選考会が始まり、ステージの上でライトに照らされると、気合いというのは不思議なもので、結局一時間五十分に及ぶ間討論に集中することができた。隣りに掛けた筒井康隆《やすたか》さんがしきりに私を突っつき、「もう無理だろう、一休みしなさい」と囁《ささや》く。見ると膝《ひざ》の上には煙草《たばこ》とライターがあり、彼は私にかこつけて禁煙のステージを降り、控え室で一服つけようという魂胆なのであった。

二日後の横溝正史賞選考会は料理屋のお坐敷なので、今度は脇息《きょうそく》と横坐りの時膝を隠す大きめのスカーフが不可欠だった。

ここではまた森村誠一さんとご一緒になったが、彼の表情は明るい。

「ぼくもまだ時々福原さんとこへ行ってるけど、あそこが合ったのか、劇的によくなりましたね。もうほとんど忘れるくらいですよ」

私は再び往復三時間半もかけて福原治療院へ通った。週二回、二月末まで約ひと月続けた。昨年秋は通い始めて一カ月でいったんは痛みが消えたのだが、今度はそんな兆候も現われない。

『クロイツェル・ソナタ』の手直しはなんとかすませ、さんざん待たせた編集者に原稿を渡すことができた。残ったのは二年越しの懸案の〈婦人公論〉の連載だった。いよいよ詰めの話合いをしようという九三年春に私が腰痛を発症し、延々と先送りされていた。体外受精などの生殖医学をテーマに、一度は先端的な専門家の医師に料理屋まで出向いてもらい、必死で取材したが、途中からどうしても坐っていられなくなり、横になってお話を聞いたといういきさつもあった。

私としては、思い切って連載を引き受けることで気持がしゃんとするのではないか、いや、こんな身体《からだ》で万一中断することにでもなれば大変な迷惑をかけると、二つの間で迷い抜いていた。が、このところも徐々に悪化している現実を悟って、ついに断念することにした。よく私の事情を酌《く》んで待って下さった女性編集者に陳謝すると、「まあ断念といわず、ひとまず無期延期ということにしましょう」といわれた。

三月に入り、確定申告もしなければならないので、私は福岡へ帰った。

帰ってからも、人に勧められることはほとんど何でも試してみずにはいられなかった。中にはほんの一回か二回ちょっと腰をいじっただけで「はい、完治しました」などといって患者を暗示にかけようとする類《たぐい》の整形外科医や治療師もいたが、私は性懲《しょうこ》りもなく新しい治療を追い求めた。とにかくこのままではどうしようもない。どこかで何かにぶつからなければ。夫も「自分で見つけるしかないだろう」と困惑の態《てい》だ。ついに見つかったが二十年かかった、などという人の話を夫から聞かされてげっそりしたり、でもとにかく治りたい一心。藁《わら》にも縋《すが》るとはまさにこんなものだろう。

私と同様に死ぬかと思うほどの苦痛を味わったあげく、眼鏡の度が合っていないことがわかり、それを直したらすべて解消した、という人の例も聞いた。

「あなたも眼鏡を検《しら》べてみられたらどうですか」

私は、曽野綾子《そのあやこ》さんのエッセイの一部を思い出した。

〈私も実は、腰痛がどれだけ恐ろしいものであるかを知っている。十年近く前、私はものも書けないほど視力が落ちていた。その頃ひどい腰痛だった。朝、ゆっくりと寝床の中にいることも腰が痛くてできない。その時考えたのは、今もし大きな手術をして、少なくともその日一晩は体位を換えてはいけない、という絶対安静を強いられるなら、私はその手術を受けられないだろう、ということであった。つまり手術ができなくて死んでも仕方がない。それほど腰の痛みは深刻だったのである。（中略）

手術後、私の眼は画期的に見えるようになったが（中略）

眼がよくなったら、腰痛も完全に治っていた！　だから私は、素人《しろうと》がたった一例自分の体験だけでものを言うことの無謀をよく承知しながら、腰痛の原因は途方もなく遠く深い所にある、ような気がしている。多分、腰が痛い時に、腰を直そうとしてもだめなのだ。腰痛を直すには、なぜか、内臓とか、脊椎《せきつい》とか、歯とか、聴力とか、脚とか、自律神経とかの異常を、つまり何かそういった遠い病変を直さなければだめなのではないかと思う。〉（曽野綾子『昼寝するお化け』）

私がすぐさま眼科医院へ駆けこんだことは申すまでもない。しかしながら、医師は、私が眼精疲労以来常時かけている遠用眼鏡も、読み書きする時の近用も、どちらも少しも狂っていないと、にべもなく答えた。

むなしいワンダーリングを重ねては、私はまた光安整形外科へ舞い戻っていく。光安先生に昨年以来経験してきた治療をつぶさに報告した。

「その間、水泳だけはできる限り励行していましたが、症状はちっとも改善しませんね。むしろ今年の春はまたとくにひどいくらいです」

「もう一年半以上もプールへ通われたわけですねえ。筋肉も充分についているはずだし、それでも腰痛が治らなかったという人はいないんですよ。ということは、骨や筋肉の問題ではない。原因はメンタルなところにあるんじゃないですかね」

　水泳信仰強固な彼らしい理由付けだったが、ともあれ彼は「自律神経失調」といい出したかなり早い時期から「心因性」の要素を指摘されていた。

「ふつうの人とはちがう、何か難しい精神的な要因が絡《から》んでいるのだと思います。そうなるとぼくは専門じゃないのでねえ……」

　彼は自分が尊敬しているという市内の精神神経科の先生を紹介して下さった。私はそのクリニックを訪れたが、医師の面接は短時間で、ほとんど私の内面に踏みこもうとしなかった。

「踏みこまない主義なのです。精神分析も嫌いですね。わけがわからなくなるばかりだ。私は、患者さんを見守っていて、後ろから従《つ》いていく。患者さんはここへ通っているうちに自然とよくなるんですよ」

そういう主義もあるのかもしれないが、その結果私にはつぎつぎと精神安定剤が処方されただけだった。

翻《ひるがえ》ってみれば、これまでお世話になった何人もの整形外科の先生方は、誰一人私の身体に器質的疾患を見出《みいだ》しておられない。そして時がたつにつれて「心因性」の見方に集約されてくるようだ。

しかし、素人の、だが誰よりも自分のことは自分でわかるはずの私としては、どうしても心因性には肯《がえ》んじられない。本能と直感が「NO」と叫ぶ。原因が見当らない上、漠然たる心因でこれほど激甚《げきじん》な症状が発生するとはとうてい信じられないのだ。

いやもっと正直にいえば、先生方は私の腰痛の治しようがなくて、仕方がないから「心因」という摑《つか》みどころのないものに責任を転嫁《てんか》して逃げてしまっているような気がした。

またもしこちらが百歩譲って心因性を認めるとしても、さてではどうすればいいのか、どなたも具体的、現実的な方法論を呈示された方はいなかった。主婦になれ、執着を断て、といわれる感じはまるでわからぬことはないが、時々刻々の苦痛に苛《さいな》まれている身体では、満足に家事もできない。私には忙しい主婦の機能も果たせなければ、気楽な主婦の暮しも許されないのである。

作家としてもうほとんど書けない私は、否応《いやおう》なしに執着を断たせられつつある。この上「解脱」するにはいかような修行が必要なのであろう？

ああ、この広い空の下の誰が私を治してくれるのだろう……？

「たとえば河合隼雄《はやお》先生などに心理療法を受けることはできませんか」

光安先生は高名な心理学者の名を挙げた。

親しい編集者が河合先生とお近付きがあり、たまたま四月に京都で先生に会うと聞いて、私は心が動いた。私の病歴を簡略に書いた手紙を編集者に託し、できれば心理療法を試みて頂けるよう河合先生にお願いしてもらった。

ほどなく、先生と電話で直接お話する機会を与えられた。

「あなたが京都へ来られるなら喜んでお会いしますがね、今のあなたの状態では大変でしょう。それとね、こういうことは一回ではすまないんですよ」

河合先生はテレビで聞く通りの穏やかな口調で話された。

「だから、ぼくが信頼できる人を紹介します。九大教養学部心理学科の教授ですが、その人に会ってみますか」

「はい、ぜひ……」

「ぼくの感じとしては、時間はかかるかもしれないが、何か大きな世界がひらけてくるんじゃないかなあ」

「大きな世界？」

「そう、人間は大きな変革をする時に、産みの苦しみのようなものを味わうことがあるんですよ。それがクリエイティブな仕事をしている人だと、ジャンルを変えたりする場合などにね」

私は、ここ二、三年ミステリーを離れた新しい作品を書き始めていたことを思い合わせてドキリとした。

「ただね、どんな世界がひらけてくるか、これはまだわかりませんよ。だから本当に引退を賭《か》けるつもりで闘いなさい」

誰のせいでもない、この身体は自分がつくったのだ——

河合先生との電話を切った瞬間、なぜかその思いが痛烈に胸を衝《う》った。今までの自分の心と身体の生きざまが、こんな自分をつくってしまった。誰も恨むことはできない。だから、いつも夫がいうように、やはり自分で治すほかはない。人間は生まれる時も死ぬ時も独り、そして病む時もまた独りなのであろう。

私の腰痛は本当に心因なのだろうか。

それならどんな心因が潜んでいるのか？

いややはり私の身体には現代医学では掬《すく》いあげきれない異常が隠れているのではないか？

西洋医学だけを信じていればいいのか。それともどこかに私にピタリと合う民間療法があって、それを自分で探し当てなければいけないのか。

迷いや疑問は果てしなく、みんな私にはどちらともわからない。

そして本当に、いつか本当に健やかな日がめぐってくるのだろうか？

ただ私は、河合先生が「大きな世界がひらけてくる」といわれたことばを信じたかった。産みの苦しみの果てに、どんな世界がひらけるとしても——。

第五章　心身症

（一九九七年三月〜四月記）

九五年四月に筆を起こして何日かかけて書いた闘病記は前章までで終っている。ともかくも発症当初からその時点までの経過は記録したようだが、それから先がないのは書く気力さえ尽きてしまったためであろう。

その闘病記を、私は当時佐賀県富士町（古湯温泉）にあった笹沢左保さんのお宅で書き始めたことを思い出す。三月に福岡で〈九州佐賀大衆文学賞〉の選考会が開かれ、腰痛が完治された森村誠一さんと、笹沢さんと私の三人が選考委員をつとめた。脇息《きょうそく》にすがって、「一時間が限界です」などといっている私を、笹沢さんが、斎藤茂吉が湯治に来たことで知られる古湯温泉へ招いて下さった。

「そりゃあ、あなたが頭が痛いとか胸が痛いとかいうんなら、俺だってうちへ来いなんていわないよ。だけどケツが痛いくらいなら、案外温泉で良くなるかもしれないじゃないか」

緑深い山々と満開の桜に囲まれた笹沢邸に、私は一週間逗留《とうりゅう》し、一日三回檜《ひのき》のお風《ふ》呂《ろ》でぬるめのお湯に浸《つ》かって落語のカセットを聴いたりした。笹沢さんの一見どこか無頼な印象からは想像もつかない、日々五分とたがわぬほどの律義《りちぎ》で規則的な仕事ぶりに驚嘆し、さりげない優しさに触れた。秘書の山本セツさんのこの上ない濃《こま》やかなおもてなしに感動した。

福岡へ帰ると、河合先生のご紹介で九大心理学教授藤原勝紀先生のカウンセリングを受けた。藤原先生は当時ちょうど五十歳、親しみやすく気さくな雰囲気を持たれる方で、私は研究室のソファに横にならせて頂き、寛《くつろ》いだ気分で自分のことを語った。

「腰痛を問題としてでなく、テーマとして受取ってごらんなさい。症状ほど多くのことを教えてくれるものはない。それに気がつけば、今回のこともフルートフル（実り多い）な経験になるでしょう」

「心理分析とはそのことの意味を解くこと。意味がわかれば苦痛でなくなるはずですね。あなたが腰痛を通して見た世界、会った人々を大切にして。今まで見えなかった自分も見えてきたでしょう。それらを踏まえた上で、文学上の変革を考える時期に来ているのかもしれませんね」

二時間ずつ三回のカウンセリングで心に残ったお話の断片である。概《おお》ね素直に頷《うなず》けたけれど、いかに「フルートフル」とありがたがろうとしても、帰りのタクシーでは依然容赦なく腰が痛んで耐えがたかった。

私の放浪はこの後さらに半年以上も続くのである。まだまだどんなにたくさんのことを試しただろう。手帳の予定欄にはいやというほど書きこまれている。〈整体研究所〉の福岡支部が私の家のすぐ近くにあると教えられてそこへも通ったが、どんなことをされたか、今ではもうあまり記憶にない。その頃自宅では熱心に冷温浴をやっていたものだ。熱いお風呂《ふろ》に浸かるのと、腰に冷水のシャワーを浴びせるのとを交互に繰返す。勿論《もちろん》誰かがそれで治ったと聞いたからにほかならない。

五月になると私はまた東京へ出掛けた。見事に完治された森村さんのことを思うにつけ、あと一度、納得がいくまで福原先生の治療を受けたかった。

日本女子大附属高校のクラス会にも出席した。卒業以来三十数年、一年も欠かさず開かれているクラス会で、二年前の初夏には番外で〈静子《シイコ》に会う福岡ツアー〉と称して十数人が来てくれたものだ。

会場は新宿の和風レストランだったが、脇息はないという。親友の渡辺信子さんが、きれいなピンクの、台形のプラスチックのゴミ箱を見つけてきてくれた。ひっくり返せば脇息の代りになり、スカーフをかぶせると一見なんだかわからない。これはなかなかの〝すぐれもの〟で、本間さんに作ってもらった段ボールの敷物と並んで、以来長い間持ち歩いてずいぶん助かった。

治療のほうは、福原先生の指示でもう一カ所何か水晶の力を利用する治療院と両方に通った。

「東京にいるならぜひ表参道の及川先生に診てもらいなさい」と、グリーン碁石囲碁大会を企画してくれる会社の女社長が案内して下さり、そこへも足を運んだ。思い返すにつけ、つぎからつぎへと見境いもなく右往左往する自分の姿が、うんざりするほど甦《よみがえ》ってくる。

及川淳《じゅん》先生は八十をいくつか越えた上品なご老人で、独自のカイロプラクティックを六十年もやっているという。やはりこの道では知らぬ人のない名医らしかった。腰痛はスチュワーデスの職業病ともいわれ、日本航空の女性たちがおおぜいお世話になっている。かつては小林秀雄《ひでお》や現存の女流大家も通ったと話された。その及川先生は私に、押したり引いたりする治療を二回試みただけで、

「あなたは立派な身体《からだ》をされている。これで文句をいっていたら、お天道さまとご両

親に申し訳ないよ」と飄然《ひょうぜん》と笑った。

「私には治せないので、もっと名医へ行ってください」

私はふと、この六十年の経験者は正しいことをいっているのかもしれないと感じた。

七月下旬まで福原治療院へ通い、まもなく三カ月になろうという頃、福原先生がいわれた。

「尾骶骨《びていこつ》も仙腸関節も良くなっています。症状はあとから取れてくると思います」

最初に締めるようにと渡された仙腸ベルトも「外してよろしい」。

五月に私が三度目の通院を始めた時、彼は笑いながらいったものだ。

「今度治らなかったら、ぼくもこの商売やめますよ」

そして今、「良くなっている」と聞いた瞬間、私ははじめてきっぱりと悟った。私はここでは治らないのだ。森村さんも完治されたし、おおぜいの患者さんが元気になられたにちがいない。だが、私には効かない。いくら通っても無駄なのだ。

私を福原治療院へ連れて行ってくれた編集者の弟さんで、医学書の出版社に勤める方が（そもそも最初に彼がそこを推薦した）多少責任を感じた気配で、「究極の医療機関」といって〈東京女子医大東洋医学研究所〉を紹介して下さった。究極とは、西洋医学と東洋医学の接点、という意味らしかった。新宿のビルの中にある研究所へ、私は二回通い、代田文彦《ふみひこ》先生の診察を受けた。先生は私のお腹《なか》を軽く触診されたあと、「胃腸が弱っているので筋肉が弱化している。鍛えて良くなるようなレベル以下にまで落ちているので、運動は疲労をためるだけだ。漢方と鍼灸《しんきゅう》で治すほかはない」といわれた。若い医師が腰とお腹にお灸をすえて、漢方薬が処方された。私がいつまでも東京に留まるわけにはいかないというと、福岡で漢方を採り入れている病院長へ紹介状を書いて下さった。

まったく、私はこれ以上東京に留まって治療のワンダーリングを続ける気力を急速に失っていた。何かに期待し、試み、そして徒労に終わるたびに、私の症状は増悪《ぞうあく》していくかに感じられた。ホッと息をつくように痛みのやわらぐ〇の日など、もう月に一、二日しかない。ほとんど毎日、疼痛《とうつう》と異様な倦怠感《けんたいかん》に全身を搦《から》めとられている。そして私の胸の内側には「自分はもう治らないのだ」という絶望的な確信が、まるで冷んやりとした膏薬《こうやく》のようにペタリと貼《は》りついているのだった。

私は七月三十一日月曜に福岡へ帰ることに決めて、飛行機の二席を予約した。

その四日ほど前になって、出光《いでみつ》興産役員の遠山寿一《ひさいち》さんが旅行先から電話を掛けて下さった。福岡出身の彼は夫の高校と大学の先輩に当り、私も結婚以来三十年余り昵《じっ》懇《こん》の間柄だった。

「今中国にいるんだけど、なかなか連絡が取れなかったもんだから。一度平木先生に電話して相談してごらんなさい」

平木英人《ひでと》先生は新宿の検診センターに勤務される内科と心療内科の医師で、私はそれ以前に別のことで遠山さんからその名を聞いた憶《おぼ》えがあった。私は教えられた電話番号をダイアルし、平木先生と直接話をした。

「三十一日に帰られるんですか。あと四日しかないなあ」

しかもその間には土日が含まれている。

「今週は予定がいっぱいでねえ。来週になれば時間をつくってお会いできるんですが」

それなら私が帰宅を延ばせばいいわけだった。福岡へ帰ったところで何のあてもないのだ。以前の私なら、一も二もなく予定を変更して、平木先生のアポイントメントを取りつけたにちがいない。しかし——皮肉なものだ。あれほど貪欲《どんよく》に、浅ましいまでに手当りしだいに新しい治療法を探し求め、どんなことでも、今からではつくづくアホらしいと思われることにまでかそけき望みを託そうとした私が、まったく突然、ほとんど憑《つ》きものでも落ちたように、あらゆる期待を失ってしまっていた。これ以上さらに新しい可能性の扉を叩《たた》く意志の力など、一雫《ひとしずく》も残されていない気がした。また見ず知らずの医師に会い、二年半にも及ぶ病歴を一から説明し、どうせ効きっこない治療を受けてみたところで何になろう。心も身体もいっそう疲れて落ちこみ、いよいよ悪くなる結果は目に見えるようだった。

「また上京することもあると思いますので、そのせつお電話させて頂きます」

少し素気なさすぎるほどあっさりとあきらめて、私は電話を切った。これが平木先生との、まだ出会いとさえいえないコンタクトの最初だった。

やがて本当の出会いが巡ってくるのだが、その前に、私たちを繫《つな》ぐ優しい糸のような役割を果たして下さった一人のジャーナリストの存在を、ここに簡単に記させて頂きたい。彼、伊藤正孝氏はこの年の五月故人となってしまわれていたが。

伊藤さんは朝日新聞記者、主に特派員として海外で活躍し、帰国後は〈朝日ジャーナル〉の編集長をつとめた。私の夫の中学から大学の一級先輩で、私も結婚当初の専業主婦の頃から親交を得たから、やはり三十年以上のお付合いである。

私が小説を書き始め、文庫本が出るようになると、何回か彼に解説をお願いした。彼はジャーナリストらしくそのつど私と会っててていねいに取材してから書かれ、文中には仕事と家庭の両立に腐心している私へのさりげないいたわりがこめられていた。

彼が最後に福岡の私の家を訪れたのは九五年四月二十日で、そのほとんど一年前の九四年四月二十五日、彼は郷里福岡の病院で胃の全摘手術を受けていた。体調はまだ決して良好とはいえなかったが、仕事に復帰しておられ、その日は朝日新聞夕刊コラム〈私の会った人〉の取材が目的だった。私の状態をつぶさに見聞きした彼は、コラムの中でも温かく励ましてくれた。

私は五月にまた治療のため上京したが、まもなく伊藤さんと同級生で親友の遠山さんから、伊藤さんの容態が悪化して八王子の病院へ入院されたことを聞いた。遠山さんが私を病院へ連れていってくれた。わずかに意識が混濁し始めていた伊藤さんは、付添いのご家族に「静子さんがここへ来たの?」とやや不思議そうに確かめ、手を握りしめる私に「最後までありがとう」としっかりした声でいわれた。翌日彼は昏睡《こんすい》状態に陥り、あくる五月三十一日不帰の客となった。私について書かれたコラムが朝日新聞での彼の最後の仕事となり、取材後に打った一局の碁が生涯の最後の碁になったことを、私はのちに知らされた。

私がお見舞いした時、伊藤さんと遠山さんとの会話の中で「いいやつがいるよなあ」といったことばが伊藤さんの口から聞かれた。それが帰りの車で話題にのぼった。

「あれは平木のことですよ」と遠山さんがいった。

「やはりぼくらの同級生で、湯河原に家があって新宿へ通勤している医者がいてね。

彼は自分の仕事が終ったあと、八王子まで行って伊藤を見舞い、それからまた東京駅へ逆戻りして新幹線とJRで家へ帰る。それを伊藤の入院後一日も欠かしたことがない。そういうやつもいるんですよ」

それが私が平木先生の名に接した最初なのであった。

七月末日福岡へ帰った私は、ほとんど家に引き籠《こも》って外出しなくなった。東京女子医大の代田先生に紹介された福岡市内の病院から漢方薬を処方してもらい、それを服《の》んだり、枇杷《びわ》の葉の温灸が良いと聞いて、お手伝いさんにしてもらったり、家の中でできる程度のことだけをした。髪が伸びてくると、美容師の石川さんに家まで来てもらい、私は脇息《きょうそく》にもたれた横坐《よこずわ》りでカットしてもらった。

家でジッとしていても、名状しがたい痛みが襲ってくるし、ほとんどたえず背中が立てていられないという感じで怠《だる》く、そこから全身にかけて鉛のような倦怠感に蔽《おお》われている。東京の編集者が来福し、白石一郎さんや下関の古川薫さんなどとの会食に誘われると、ごくたまに出掛けてみた。編集者は私の都合を配慮してお座敷の料理屋を選び、脇息の有無まで確かめてくれる。私はタクシーで横になってそこまで行き、早く着いてしまった時にはお座敷でもそっと横になり、廊下に足音が聞こえたとたんに縦になって精一杯なんでもない顔をしていた。それでも食事が長びけばまたダウンだった。若いサラリーマンなどの間で〈慢性疲労症候群〉というのが問題になってい て、椅子《いす》に掛けているのさえしんどくて床に寝そべってしまう。怠け病とまちがわれると聞いたが、おそらくこんな感じだろうと私にはリアルに想像できた。

今いっときこの痛みから逃れられたらあとは何も望まないと思う時がある。以前から親しい整形外科の開業医に大木実先生という方がいて、警察医も兼ね、変死体が出ると現場へとんで行って検屍《けんし》をする。それが本業より好きだという四十すぎの朗らかな先生で、私は一度彼が現場へ行く時に連れていってもらう約束をしたが、まだ実現していなかった。

大木先生がいつか「硬膜外ブロックを試してみてはどうか」といわれた。それは本来急性の激痛を伴うヘルニアの患者などの保存療法といわれ、脊髄《せきずい》の外の硬膜外腔《くう》に薄めた麻酔薬とステロイドを注入して一時的に痛みを止める方法だそうである。私のような慢性の痛みには向かないといって光安先生は適用しなかった。

ある時私は咄嗟《とっさ》に大木医院のナンバーをダイアルした。なんでもいいからとにかくこの激痛を止めてもらいたい。先生は看護婦さんを連れて駆けつけて下さった。

まず注射のための麻酔のようなものを皮下に打ち、つぎに本当のブロック針を腰の奥深く、硬膜外腔に刺した。万一ショック症状が起きてはいけないからと、その後も先生は二時間くらい家にいて様子を見守って下さった。私は、ほんの何分間か痛みがやわらいだというか、変質したように感じられたが、すぐまた同じ疼痛が戻ってきた。結局、効果はなかった。

この硬膜外ブロックはペインクリニックで使われている方法で、ともかくも痛みをとるための究極の手段と聞いていたが、それすら私には効かないことが実証されてしまった。

またこれはもう少しあとになってだが、名古屋在住中に交誼《こうぎ》を得た国立名古屋病院産婦人科医長の戸谷良造先生が、ホルモンの異常によるものかどうかを試すためにプリモジアン・デポという薬を送って下さった。これを注射しても症状が動かなければホルモンとは関係ないわけで、従ってホルモン補充療法も意味がないことになる。ホルモン療法のことは発症まもない時期に九大の中野教授からも示唆《しさ》されたことを思い出した。良永先生の病院で打って頂いた結果は、変化なしだった。

戸谷先生の電話で、ソセゴンの試用も勧められた。ソセゴン30ミリグラムはモルヒネ10ミリくらいに匹敵するそうで、つまり麻薬のトナリくらいの薬らしい。良永先生はあまり賛成ではなかったが、たって希望して、とりわけ痛みの激しい時を選んで注射してもらった。とたんに目まいや眠む気、胸のむかつきなどが襲ってきて四時間くらいうつらうつらしていたが、その間もはっきりと疼痛は続き、鎮痛効果はほとんどないことが判明した。
「あなたの腰痛にはモルヒネも効かないだろう」と良永先生がいわれた。
「末梢《まつしよう》神経ではなく、脳が痛がっているんですよ」

八月半ば近く、思いがけず東京の平木英人先生から電話を頂いた。夏休みを利用して自分が福岡まで行って会おうかといって下さる。先生の日程の中には、私の母の十三回忌法要の日が含まれていた。内輪だけのことだから変更できなくはないのだが、今度も私はそれを理由にして辞退した。積極的に新しい治療に取り組む気力がもうどうしても湧《わ》いてこない。それに先生は心療内科だから「心因」という見地に立ってのアプローチではないか。たかが心因でこれほどの症状が発生するはずがないと思った。

ところが先生は、「福岡にはほかの用事もあるので、自分の予定を調整してみよう」とまでいって下さる。二、三日して再び電話があり、「都合がついたから法事と重ならない日に行ってあげよう」といわれてはもう逃げる口実が見つからなかった。

お会いするに先立って、ファックスで簡単な心理テストが送られてきて、それとおよその病歴を書いて返信した。

八月十九日夜のフライトで福岡へ着かれた平木先生は、二十日の朝十時にわが家を来訪された。夫の一級上だから五十九歳か。中肉長身、上品に整った容貌《ようぼう》には柔和だが強い意志がひそんでいるようにも感じられた。

二階の応接室のソファに横になって、私は先生の質問に答え、二年七カ月に及ぶ病歴と現在の状態を詳しく話した。日曜でお手伝いさんが休みだったから、電話が鳴れば立って出るし、一階に降りてお茶を淹《い》れ換えるのも私の仕事である。それらの挙措動作も彼は注意深く観察しているようであった。

問診は二時間近くかかっただろうか。質問は私の仕事の内容にも及んだ。私は九一年頃からミステリー以外にも作品世界を拡《ひろ》げたいと考え始め、九一、二年の『白愁のとき』、同じ年に初の伝記小説『女優X』ではフラフラになるほど疲れたが、両作ともそれなりの評価を受け、反響もあって満足していた。さあ、これからと張り切っていた矢先だったと、具体的に答えた。

最後に彼は尋ねた。

「あなたは今の症状がどういう原因で起きていると考えられますか」

「長年の運動不足による筋肉弱化だと思います。それも非常に例外的なくらい質《たち》の悪いもので、腰が私の上半身を支えることができなくなってしまった。それで腰掛けてもいられない。いよいよ極まって痛むという状態ではないでしょうか」

「筋肉弱化なら運動すれば良くなるはずではありませんか」

「ええ、二年近くもプールへ通いましたし、入院して毎日体操したこともあるし、一方では暇があれば横になって筋肉を休めているわけですから、全治しないまでもいささかでも改善するはずで、その点は不思議なんですが……」

さらに、どんな鎮痛剤も硬膜外ブロックも、麻薬に近い薬さえ効かないというのはどうしたわけなのか。

「やっぱりよくよく極端な筋肉疲労、何千人に一人というような不幸なケースじゃないかと思います」

「典型的な心身症ですね」

彼は私の考えを充分に聞き取った上で、きっぱりと診断を口にされた。

つぎに心身症とは精神的な原因で身体《からだ》に異常が認められた場合の総称である、といった説明を加えた。

「心身症という言葉が一般の人に知られるようになったのは、一九八二年の羽田沖日航機墜落事故がきっかけでした。機長が上空での逆噴射という異常な操縦をしたのが原因で、その機長がかつて心身症の診断を受けていたため、それとの関連が注目を集めました。当初のマスコミの報道では、心身症の患者は発作的に精神異常を起こす可能性があるかのようにいわれていましたが、それは耳慣れない医学用語に対する大変な誤解でした。心身症とは、精神的に健康な社会人に、ストレスや生活様式の悪影響などが原因となり、さらに各人の体質が絡《から》みあって、さまざまの身体症状がひき起こされたケースをいうのです。もっと簡単に、心の問題で起きる身体の病いの総称と考えていただければいいでしょうね」

総称という表現で、彼は心身症が広い範囲にわたるものであることを理解させ、そのことばの刺激的なサウンドを少しでもやわらげようとしているように、私には感じられた。

「心の問題で起きる、ということは、つまり心因性ですか」

「その通り、心因です」

予想した通りだった。

「先生は心療内科でいらっしゃるから、何でも心因に見えてしまうんじゃありませんか」

私は相当失礼な本音を、なるべくおだやかに尋ねた。

「いや、その反対で、われわれこそ十二分に器質的疾患がないかどうかを疑ってかからなければならないのです。もし何か別の病気があるのに心因性の治療ばかりしていたら大変なことになるでしょう。それであなたにも過去の検査や治療歴などを詳細にお聞きしたわけです」

「でも、心因でこれほどの激痛が起きるとは考えられません」

「心因だからこそ、どんな激しい症状でも出るのですよ。そして神経質な人ほど、自分ほど苦しいものはないと思いこんでいるんですね」

私は、発症以来の自分の心の持ち方がいっそう状態を悪化させていたのかもしれないとは思う。大体私の悪い傾向は、物事が順調な時にはいよいよ張りきって「それ行けどんどん」で猛進する代り、一つうまくいかなくなると何もかも悪いほうへ考えてたちまち落ちこんでしまう。そうした心の弱さが自分で自分を悪いほう、悪いほうへと押しやってきたのかもしれない。それも心因というなら、その点だけは認めてもいいが、そもそもの最初からこの腰痛が心因で発生したなどとは天から受けつけられなかった。

先生もすぐさま私を説得しようという姿勢ではなく、「少くとも心因性の要素が大きく関与している」ことだけは強調された。

彼は福岡のホテルに宿泊し、三日間わが家へ通って下さった。問診が重ねられ、箇単な催眠療法を試され、〈自律訓練〉を教わった。

解説書によれば、自律訓練法＝AT（Autogenic Training）は一九三二年にドイツで開発されて全世界に広まった心身のリラックス法で、リラックスによって心身を安定化へ導き、いわゆる自律神経失調によるさまざまな症状からの解放を目的としている。

やり方は、椅子に掛けるか仰向《あおむ》けに寝るかだが、私の場合は当然後者となる。脚を肩幅くらいに開き、手は下に向けてのばす。姿勢を整えたら目を閉じて、腹式深呼吸二、三回。つぎに「気持が落ち着いている」ということばを二、三十秒頭の中で繰返す。またつぎは両手をぼんやりと思い浮かべながら「両手が重たい」ということばを一分か一分半頭の中で繰返す。（これらのことばは「公式」と呼ばれる）そのあと両手を握ったり腕を折り曲げたりする取り消しの動作をして目を開ける。これが一番初歩的なもので、慣れるにつれて新しい公式が加えられる。ここで大事なのは「受動的注意集中」という心構えで、積極的に両手が重たいと感じようとしてはいけない。雑念を追い払おうと努めてもいけない。雑念が湧いても湧くがまま、黙々と続けることだそうであった。

先生の福岡滞在中、一度夫と三人で夕食をした機会に、ご自身の体験談を伺った。

医学部在学中、腎臓《じんぞう》疾患をこじらせたのがきっかけで強度の〈心臓神経症〉となり、発作の不安のため外出もままならないような状態になった。医学書を読みあさり、自己診断で九大神経科の池田数好教授（のちの学長）に頼ることに決め、教授の森田療法による治療を受けて全治した。

森田療法とは慈恵会医学専門学校（現在の慈恵医大）の教授だった森田正馬《まさたけ》博士が一九二〇（大正九）年頃創始した治療法で、今日では心療内科の数ある特殊療法の中の一つとして広く採り入れられている。それによって救われた体験が平木先生の心身医学の原点となり、循環器内科の専門医となる傍ら、心療内科の療法を身につけ、すでに多数の症例を手がけておられるようだった。

私については、今後はＡＴを続け、場合によっては入院治療も考えられる、といわれた。

平木先生が帰京されたあとで、私はふと悔いを覚えた。先生に「心因です」と決めつけられた時、なぜ自分は「ではその心因は具体的に何なのですか」と反問しなかったのであろう？

それからすぐに気がついた。訊《き》くまでもないほど、それほど自分は「心因」などという診断をいささかも問題にしてはいなかったのだ、と。

一方――その後長い日がたってから、私は平木先生に私とはじめて会った前後の見通しや印象を尋ねてみたことがある。彼が当時のメモを見ながら答えてくれた内容はおよそつぎのようなものだった。

送られてきた病歴を読み、心理テストを判定した段階で、すでに心身症としての条件は十分に満たしていると思った。心身症の診断には、身体面、心理面での診察と、その二つの間の心身相関の証明という、身体的、心理的、社会的判断が必要である。身体面の診察では、本人の訴えが神経症的であっても身体的な所見の見落しがないよう留意しなければならないが、彼女の場合は、すでに数カ所で検査を受け、MRIまで施行して異常なしといわれているので、器質的疾患は否定的と確認できた。すると「心因性疼痛《とうつう》障害（心身症）」という病名が浮かんできた。あとは面接で裏づけを取るだけだ。

はじめて会った時の印象は、年齢より若々しいという感じで、出迎えて案内する動作もきびきびしていて、とても二年半あまり腰痛に苛《さいな》まれ、病魔にむしばまれている人のようには見えなかった。

問診の結果、発症時の心理社会的背景は、心因として十分すぎる要素を秘めていると考えられた。たとえば本人は、書き慣れたミステリーを離れた二つの作品は、大変ではあったがそれなりの評価を受け、結果的にストレスとはならなかったと認識していたが、こちらからは、作家夏樹静子のステータスを保っていくための葛藤《かっとう》、枯渇《こかつ》していくエネルギーとあせり等々の心理社会的背景が透かし見えるようだった。

初回の面接の中でとくに印象に残ったポイントは——

①　夏樹静子という作家の存在を支えきれなくなってきた。その象徴として、身体を支える腰が痛み、弱化したという感じで本人は捉《とら》え、表現しているのではないか。

②　買い物をしてそれを包装してもらう間とか、信号待ちとか、わずかのまでも立っているのがつらいという話を聞き、この患者さんはたえず走り続けることによって仮りの安定を保ってきたのではないだろうか、と思った。

作家としての生き方も、同じように走り続けてきたのではないか。今、休息を必要とし、身体もそれを要求している時、立ち止まることがすなわち心身の不安定に直結してしまうタイプではないだろうか？

第六章　入眠剤四百錠

平木先生が帰京されたあと、私には自律訓練の宿題が残された。朝昼夜と一日三回行い、〈AT経過表〉の用紙に〈成果〉を記録する。成果とは「両手が重たい」と頭の中で繰返した時、両手が本当に重くなったり、しびれたり、ジンジンしたり、何らかの違和感が認められたら「＋」、全然感じなかったら「－」、ごく微弱なら「＋－」とする。そのほかに〈身体の状態〉〈心の状態・その他〉という欄もあって簡単に記入する。用紙は一週間単位で、毎週それをファックスで先生の勤務される新宿の検診センターへ送ると、先生が返信を下さるという形だった。

今私の手許《てもと》には九五年八月から年末まで五カ月間の交信の記録がずしりと束になって保存されている。私は〈AT経過表〉のほかにその週の苦痛や不安材料を綿々と書き送り、それに対して先生も平均三、四枚のていねいな返信を送って下さっていたからだ。たとえば――

〈この一週間は二日ほど多少らくな日があっただけで、あとはひどい痛み、極度の倦《けん》怠感《たいかん》に見舞われ、大変つらかったという印象です。その分、気分もどうしても落ちこみ、希望を失いかけます。朝か昼前から痛み出し、遅い夕方か夜になってややおさまるというパターンが多いのです。夜寝る前の二、三時間がつかのまの安息です。朝は起きるのがとてもいやで、早朝覚醒《かくせい》すればそれから起床するまでの時間、非常な懊悩《おうのう》があります。一口で申せば、終始暗澹《あんたん》としています〉

〈(返信) 特別朝から腰に負担をかけていないのにもかかわらず、このように症状が変化することは(日内変動といいます)心因性の要素が大きいと思われます。痛みが起ってきたときは、その痛みの中に身をひたすことです。なかなかむずかしいことですが、バタバタするのではなく、じーっと痛みの中に身を沈め、痛みを客観視することを学んで下さい。この自律訓練法に限らず、どのような療法を行っても「あせり」が一番の禁物です。必ず元気になられると私は確信しています。希望を失わず、淡々と訓練をお続け下さい〉

〈腰の痛み、倦怠感、坐位《ざい》がとれないの三重苦は悪化する一方で、どうしてここまで痛むのかと呆然《ぼうぜん》としたり、つくづく不思議になったりするほどです。心因だけでこんなになるとはとても信じられません。また以前はそんなことはなかったのですが、水泳や散歩のあと怠《だる》さや痛みがひどくなり、筋肉の弱化が感じられてなりません。腰が極端に弱りきって、もう復元できないような、もうダメなんじゃないかというような心許ない不安に襲われます。長い間、何をしても、嬉《うれ》しい、楽しい、おいしい、快いといった充足感が得られず、心からの笑いが失われています〉

〈(返信)不安というのはつかまえどころのないものです。不安は自分の頭の中で限りなくふくらんでいくものです。それをやわらげる方法は、不安の実態を直視するように心がけることから始まります。今感じられている不安の種は、今まではなんとかやってきたけれど、もうこれが限界だ、きっとこの先よくなることもないだろう、といったぐあいにご自分なりに将来を判断して、ひとりで悲観的になっているだけなのです。

筋肉の弱化という考えも賛成できません。神経筋疾患の代表的な病気に進行性筋ジストロフィーというのがあり、これは神経マヒにより本当に筋肉が弱化しますが、この患者さんをごらんになったことがあるでしょうか。どうかご自分で新しい難病を作り出さないで下さい。

二人三脚でがんばっていきましょう〉

〈眠りだけが心身のしばしの救いなのですが、早朝覚醒がひんぱんになって困ります。

夕食後ドグマチール、セレナール、就寝前にベンザリン一錠をのみ、十二時頃眠りについても、四～五時頃目をさまし、そのまま朝まで一睡もできず、しだいに腰や背中が痛くなってきて輾転反側《てんてんはんそく》していると気が変になりそうです。
治ると信じなければいけない、「信念」を持てと主人や多くの方からいわれますが、発症後二年半以上もたって、これだけ症状が固定化してしまうとどうしても無理なのです。「信念」とは努力して得られるものではない、信じられないものは信じられない。それどころか私の心の底には「自分はもう治らない」という岩のような絶望が居すわってしまっているのです。大体私はせっかちの短気で、すぐ結論を出してしまいがちなのがよくないのかもしれませんが。でも、せめて薄紙一枚ずつでも好転してくれれば気持も変ってくると思うのですが〉
〈返信〉卵とニワトリの関係になりますが、「薄紙一枚ずつでも好転してさえくれれば」というのは「うす紙一枚の好転」がまず最初にあり、そうなれば……という考え方で、患者さんに共通の心の動きですが、これがまちがいです。勿論《もちろん》最終目標は症状からの解放ですが、今の時点でこれにとらわれすぎるとかえって改善は遅れます。先回も申しましたように「痛みのまま」「倦怠感のまま」それにひたりきるのです。もっと極端な言い方をしますと「治るということを放棄する」こと、「治ることをあきらめる」のです。筋肉を鍛えるとか、がむしゃらに水泳をするとか、全て、積極的に治そう、治そうとあせればあせるほど治りません。

宗教ではありませんので「必ず効く」と信じる必要はありません。信じられなくてもいい、信じきれないまま、自律訓練をお続け下さい。

お一人で頑張られるのではなく、私もご一緒に治癒への道をゆっくりと、しかし着実に歩いていきましょう〉

こうしたやりとりが毎週続けられた。〈成果〉のほうは、最初は一ばかりだったが、案外早く、三週目くらいから＋一や＋が混り始めている。九月下旬には「両手が重たい」のつぎに「両足が重たい」の公式が加わった。

今になって交信の記録を読み返してみると、まったく我ながら呆《あき》れるほど繰返し同じような苦痛や不安を訴え続け、先生もまた感服するほど根気よくさまざまに表現を変えて私をなだめ、励まし続けている。英語の patient（患者）は「忍耐強い」とか、「気長な」という形容詞でもあるけれど、doctor は patient でもあらねばならないという標本を見るかのようである。

しかし、どこまでも平行線で嚙《か》み合わないのは、私が断固として「心因」を受け容《い》れず、一方先生はあくまでその見地から私を指導している点だった。

まったくもってどうしてこの私が心身症にならなくてはいけないのか。どこにそんな原因があったというのか。第一これほどの激痛や著しい障害が心因だなどと、私には冗談じゃない、論外というほかなかった。従って毎週熱心にファックスを送っても、それによって自分が「治癒への道を着実に歩いていく」などという実感はまるでなかった。ただ、なるべく人にはいわないでいるありのままの内心を、誰かに訴えたほうがまだしも救われたし、書くことは身についた習性だし、そして正直なところ平木先生はちょうどいい相手に思われたので、苦痛や鬱憤《うっぷん》のはけ口にしていたという感が強い。先生が懇切に書き送って下さる返信も、おおかた私の頭を素通りしていた。自律訓練にしても、私の性格として、やる以上はきちんとやったが、ほとんど信用していなかった。こんなことをしてもなんにもならない、と思いながらやっていた。

それにしても、五カ月間毎日三回休まず励行し、一週も欠かさずファックスを送り続けたのは——おそらく私の心底に生まれていた平木先生へのある敬意のゆえであったかもしれない。伊藤正孝さんが最後の入院をした時、平木先生は毎日新宿の検診センターから八王子の病院へ通って彼を見舞ったと、遠山さんから聞いた。一日の仕事を終えたあとの疲れた身体《からだ》を、東京の夕方のラッシュにもまれ、新宿から八王子、八王子からまた新宿を通り、東京駅へ戻って湯河原の自宅へ帰る。毎日欠かさず繰返されたその長い往復。もうどうしてやることもできない死に近い友へ彼が示した優しさが、私の中に彼への不動の敬意をつくり出していた。その友が、私が敬愛した伊藤さんであればなおのこと——。

九五年後半は本当にジリ貧状態で悪化していった。葉書一枚書くにも横にならなければならない有様では、仕事もほとんどできなくなった。九六年七月から佐賀で〈焱《ほのお》の博覧会〉が開催されるので、それに因《ちな》んだミステリーを依頼され、なんとかその中篇だけ書いた。佐賀市内や有田を舞台に選んだが、風景などの取材は編集者に頼み、地元の事柄は佐賀新聞社の方に教えてもらった。書くまでの気力を自分の中に奮い立たせるのが大変で、秋にその作品と、十枚ほどの掌篇小説を書いたあと、とうとうすっかり休筆になってしまった。

自律訓練と漢方薬を服《の》むだけが決まった仕事で、あとはほとんど終日の痛みに耐えてジッと横たわっている毎日だった。少し痛みがやわらぐと本を読んだ。小説の読み方がいつのまにか変っていた。以前には力強く生きていく主人公に自分の感情を仮託するのが常だったが、ふと気がつくと、敗者、挫折《ざせつ》者、病む人や死んでいく人に心を添わせて読んでいるのだった。

辻邦生《つじくにお》氏の『西行花伝』の中で、西行が保元の乱に敗れて讃岐《さぬき》に配流された崇徳《すとく》上皇のことをいうことばがある。

〈敗《ま》けた者が、敗けたことを大らかに受け入れ、敗け惜しみなどではなく、朗らかにその宿命《さだめ》に遊べば、そのとき歌が生れるのだ〉

私はその二行に強く心を魅《ひ》かれ、何度か口に出してみた。私も人生に敗けたのだ。朗らかにその宿命に遊ぶことはできないものだろうか。そんな心境になれば、きっとこの痛みも去っていくのだろうに——。

若い日に読んだきりで、もう一回読み返してみたいと思う本は誰にでも何冊かあるにちがいないが、私も古い文学全集からレマルクの『凱旋門《がいせんもん》』を抜き出してみた。だが、大戦前夜のパリを舞台とした名作の虚無と絶望の深さを受けとめるには、こちらにもそれなりのエネルギーが必要なのだった。作品にはそれぞれに読者に迫ってくる力があって、それを受けとめるだけの力がない時には読めないものだと気付かされた。

旅行記や写真入りの案内書などは心が晴れるかと思ったら反対で、自分はもう二度と国際線の飛行機に乗れないのではないかと、ハッと胸を脅《おびや》かされる。若い作家たちの書かれたミステリーの力作を読めば、やはり心がざわめく。結局、なるべく他人《ひと》ごとのような、軽い恋愛小説などが無難のようだった。

さまざまの治癒《ヒーリング》に関する翻訳書や、アレキシス・カレルの『人生の考察』、夫が

「これさえ読めば万事解決」とお勧めの中村天風の講演集にも親しんだ。


「心」の態度を終始一貫いかなる場合があろうとも積極的であらしめることです。

絶対に消極的な言葉はつかわないこと。

痛いのは痛いでいいよ。けど、その後がいけないんだ
「痛くてしょうがねえ。どうにもしょうがねえ」とか、「ああ、死にそうだ」とか、

「ああ、これでもうだめだろう」、それがいけないんだ。

この世の中、公平にできているんだから、心を積極的にしさえすれば、健康も立ち直るし、運命も立ち直るようにできてるの。

人生は心ひとつのおきどころ

（中村天風『成功の実現』）

時々眠る前に夫が隣りのベッドで読んでくれた。しかし、これだけ長期にわたって痛めつけられていると、どのような示唆《しさ》もアドバイスも自分にはとうてい跳べない高いバーのように感じられた。

健康な頃の感覚が日に日に記憶からうすれ、元気な自分をイメージすることが困難になった。もう治らない、と、しらじらと思った。

居間のソファに横になって、顔を斜め上に向けると、明り採りの中庭《インナーコート》が自然と目に入る。吹き抜けで二階のバルコニーに達し、上には鉄柵《てつさく》が取りつけられている。全体の高さは三メートル余り、その鉄柵のいちばん上に紐《ひも》をかけて輪をつくり、それに首を突っこんで跳びおりれば万事が終わるのだ。同じ首吊《くびつ》りでも、椅子《いす》に乗ってそれを蹴《け》るパターンだと、蹴る瞬間に相当の心理的エネルギーを求められそうだが、跳びおりるのはひと思いで、逡巡《しゅんじゅん》の余地が少いだけらくではないだろうか。下はタイルで水はけもいいから後始末もしやすいだろうし……などと考えた。

しかし一日中陽が当らず、秋風に吹き晒《さら》されている中庭はいかにも寒そうだ。ひどい低血圧の私は、元来は朝寝坊が何より好きで、無類の寒がりだった。その点で、いちばん最初に思いついた、家にあるかなり大きな冷凍庫に入ってしまうという案にも抵抗があった。死ぬ時くらい、ぬくぬくと温いところで心地よくこの世に別れを告げたい。となれば、やっぱり睡眠薬だ。

私にはお医者さまの友だちがたくさんいるので、あちこちの先生に不眠を訴えて、入眠剤を下さいと頼んだ。中には定期的に病院の薬局から送るように手配して下さった先生もあり、薬は大きなクッキーの缶に確実に溜《たま》っていく。四百錠服めば死ねるといった聞いた憶《おぼ》えがあったので、それまでは待つ。量が足りなくて覚醒《かくせい》してしまうといった無様な結果に終わらぬよう、必ず四百錠溜める。楕円形《だえんけい》の小さな錠剤の四百粒くらい、きっと服めるだろう。

勿論こんな計画は家人には内緒だったが、娘が帰省して二人だけで家にいた時、ふっと私は口に出した。

「ママはね、廃人同然のような、ボロボロになった姿をあなた方に記憶されるのはいやなの。幸せに満ちて、生き生きと仕事していた頃のママを憶えていてほしい。その姿があなた方の心の中に残っている間に消えてしまったほうがいいような気がするの。そして、あなた方の思い出の中で生き続けるのよ。思い出の中の輝いたママでいたいの」

私は涙を流してはいたが、内心ではかなり冷静に、本当にこれが最も賢明な選択だと考えていた。温いベッドの中で好きなだけ朝寝を貪《むさぼ》りながらまさに眠るように逝《い》く。そうだ、それこそが、たとえばあのドストエフスキーの『賭博者』のように、運命の神の鼻を爪《つめ》で撥《はじ》いてやるような、舌でもべろりと出してやるような、一矢《いっし》報いる方法ではあるまいか。

娘も涙を流して答えた。

「もしママが不幸な死に方をしたら、私は一生、どんなことがあっても、本当の幸せにはなれないと思う」

十月中旬から入院の話が具体化し、夫が上京して平木先生と会い、年明け早々から約二カ月の予定と決まった。入院先は静岡県熱海市にある〈南熱海温泉病院〉。先生が所属される医療法人はあちこちに病院やクリニックを開設していたが、ちょうど九六年一月に先生は新宿から熱海の病院へ副院長として転勤されることになっていた。

入院が決まっても、私は安堵《あんど》するどころか、むしろいっそうの不安や焦燥と、ある種の虚《むな》しさも覚えていた。症状はいよいよ私には劇的と感じられるほど悪化し、それに比例して「心因」を否定する気持は強固になっていったからだ。

〈以前は「夜だけが安息」と書きましたが、最近は朝から晩まで、入浴後も痛く、眠るまで続きます。早朝覚醒はほとんど毎朝となり、決まって午前四時前後。覚醒する瞬間に「目を覚ましたくない！」と激しく抵抗しながら目が覚めてしまいます。つぎの瞬間から腰と背中に傷を負っているような痛みが始まり、どんどんひどくなって、終《しま》いには左右輾転として「痛い、痛い」と口から出るほどで、気持は寝ていたくても身体が寝ていられない状態になります。

こんな有様で夜が明けて、起きる時の憂うつ、無気力は名状しがたいほどです。

昼間は昼間で目まいがするくらいの痛み、腰が豆腐のように頼りなく、手をついて階段をのぼったりします。

正直申して「心因」というより「腰が弱ってしまって、それがどうしても治らない」という単純だが取返しのつかない重大事態に陥ってしまったという感が強く、この身体で生きていく自信が持てません。先生はそれを「心身症」といわれるかもしれませんが、私には腰のトラブルという原因が先にあって、その苦痛ゆえに精神がおかしくなっているとしか思われません〉

〈返信〉今お持ちの疑問は「心因だけでこれほどひどい症状が起きるだろうか？」という点と、「現在思い当る心因がなく、それでも症状は続いている」という点などではないでしょうか。ご自身が頭の中で考えて、合理的に納得できる病因がなかなか見つからないために「不幸な例外的ケースで、現代医学ではまだ解明できていない神経筋肉系の病気ではないのか？」という不安が生じていると考えられます。不安は限りなく無限に大きく拡《ひろ》がり、ついにはこの世のものとは思われぬような恐怖や苦痛を現出します。この第三者から見ればいささかオーバーと思われるような感覚、感情こそ心因性の特徴なのです。

ファックスのやりとりの段階では十分なご説明は難しく、すっかり納得されるまでにはとうてい至らないと思いますが、症状が心理的に大きく拡大されて感じられているのです。症状形成の上で、心因の関与している部分は少くとも半分以上を占めていると推測できます。それがまったく否定されるのでしたら、私がお手伝いする部分もないわけで、患者さんをいたずらに引っぱっておくようなことはいたしません。心因の関与が大きいと判断されるゆえに、それに対する適切な治療を施せば、必ずや今よりずっと楽になられるでしょう。その点ではどうか希望と自信を持ってください〉

〈朝食のほんの十五分程度でも腰椎《ようつい》から尾骨にかけてたちまち痛みと圧迫感が加わり、腰掛けていられません。私の筋力はわずかな一定量しかなく、砂時計の落ちるようにそれを使い果たしてしまうともう立つことも坐《すわ》ることもできなくなる感じです。何度も申しあげるようですが、目が覚めた瞬間から痛みが始まる。厳然たるリアルな疼痛《とうつう》。直前までは眠っていたのに、そこにどんな心因が働くというのでしょう？

私は「心因」や「心身症」を認めたくないのではありません。恰好《かっこう》が悪いとか、プライドが傷つくとか、そんなことは少しもないのです。むしろ百パーセント心因であったらどんなにいいかと願うほどです。それなら必ず治るでしょうから。認めるのがいやなのではなく、いまひとつ腑《ふ》に落ちないのです。

さりとて私は、人類最初の奇病にかかったなどと思っているのでもありません。おそらく名前のつくような器質的疾患はないのかもしれない。私が最も怖《おそ》れているのは、原因がわからないまま三年近くもたって、もう二度と治らないのではないか？
忍耐力が尽きかけ、精神的にだんだん参ってきて、心底生きていることが苦痛になり、ああ、これではいけないと思い直し、それにしても本当にいつか、いつになったらもとの元気に戻れるのだろうかと茫漠《ぼうばく》たる失意に沈み……といった気持を繰返しています〉
〈返信〉ごく初期の心因反応は、
①心因→②心因に対する反応→③症状発現
という図式をとりますが、これが長期化してくると、①②の部分がふっとんでしまって、症状のみが出現しているように見えてきます。朝目覚めると同時に、その時の悩みとかイヤなこととか、いわゆる心因のあるなしにかかわらず、痛みという症状があたかも条件反射的に生じてくるのです。自分の意思とか感情とかを無視したところで、勝手に症状のみが出現するわけです。

一方頭の中はたえず神経をとがらせ、身体中をチェックしていますから、わずかな異常感にも敏感に反応し「ああ、やっぱり今日もダメだ」という気持とあいまって、身体の不調は増悪《ぞうあく》し、増悪することによってますます絶望的になり、悪循環の輪がつくられ、（これは一瞬のうちに出来上ります）本当に痛くてたまらないという身体症状が形成されるのです。

この「悪循環の輪」を断ち切らなければなりません。

いろいろと自己流に考えたくなる気持はよくわかりますが、そこから引き出した理論も現実を改善、解決する役には立ちません。極論すれば、理屈、原因はどうでもいい、要は治ればいいのです。元気になってから、ゆっくりとカラクリを理解しても遅くないのではないですか。

病気に負けてはいけません。一時の気休めで申しているのではありません。必ずお元気になられます〉

合計十九回に及んだファックス交信の記録を今読み返してみて、私はあることに気がつく。それは、交信の終わる頃すでに私は先生に一本取られていたのではないか、ということだ。なぜなら、八月にはじめてお会いした時点では「心因」などまるで耳も貸さなかった私が、いつのまにか「心因か否《いな》か」という疑問に正面から向き合わされた形になっているではないか。

とにかく状態は年末に向けてますますミゼラブルになっていった。まさにこの世のものとは思われないような苦痛を私は味わっていた。その頃家でやっていた治療は、佐賀新聞社の方に紹介してもらった北九州市の〈石橋漢方店〉から送られてくる煎《せん》じ薬を服《の》むことと、お手伝いさんにしてもらう枇杷《びわ》の葉の温灸《おんきゅう》。幸いお向かいの家によく繁《しげ》った枇杷の木が三本もあって、奥さまが「効くのなら木が裸になってもいいですから」といって下さった。

石橋漢方店では三カ月服用して効かなかったら代金を返しますという約束で、本当に全額振り込んできた。「お金を返してもらわないほうがよかったのに」と岡本さんが嘆いた。

十一月にはイオン・パンピングとかいう何か身体《からだ》に電流を通すような治療を鍼灸院《しんきゅういん》の人に来てもらって受けてみた。こちらも二カ月以内に必ず治すという触れこみだったが、それ以前に私のほうがギブアップしてしまった。

変ったことといえば、夫の知人で〈サイマティック・リサーチ〉という会社を経営する北村賢一氏が、イギリスで開発され日本で改良し目下治験の段階というトランク大の機械を持って訪れ、機械の発するさまざまな音響を患部に聞かせるサイマティック療法を試みて下さった。人間の各器官は特定の周波数を持ち、それが乱れると症状が出る。そこに本来あるべき周波数の音響を聞かせると、共鳴現象が起こり、自然治癒力を高めるという理論だった。夫人の十五年来の股関節炎《こかんせつ》の痛みも軽快したそうだ。途中からその療法に興味を持たれる九大・循環器内科の女医井手友美先生も加わり、無報酬で年末のギリギリまで通って下さった。私は樹木に音楽を聞かせると生長が早まるという話を連想したりした。とりわけビバルディの〈四季〉がいいといった人もあったが、そこまでいくと眉唾《まゆつば》であろう。

いっしょに暮していたわけではないが私が面倒をみていた親戚《しんせき》の老人が、入院先の病院で亡《な》くなった。クリスマスイブの夜半に報《し》らせを受けて、夫と私が市外の病院へ赴いた。遺体と対面し、医師の説明を聞いたあと、看護婦さんが「ご遺体をきれいにしてから霊安室へ運びますので、そちらへ行って待っていて下さい」といわれる。夫と私は地下の霊安室へ降りた。寒々として仄暗《ほのぐら》い小部屋には、祭壇の傍らに長椅子《ながいす》が一脚置かれていた。そこで待つわけだが、ここでも私は腰掛けられないのである。夫に端っこに掛けてもらい、余ったスペースに疲れた身体を横たえた。

霊安室の天井のシミを見あげているうち、遺体になってここへ運ばれたのは自分であるかのような気がした。

病気を克服するとか、信念を持つ、プラス思考とか感謝とか、その種の前向きな姿勢を自分に求めることはもはやどこを叩《たた》いてもできない相談だった。しかも心外なことに、なんとか少しでも自分の気持を引き立ててみたり、耐え抜いてみせると決意を固めたり、あるいはすべて天に任せようと悟った気になったりすると、決まってまるでそれを嘲笑《あざわら》うかのように症状は激化するのである。私はもう降参だった。降参して、できるならなるべく死なないで、生きる方途を見つけたかった。

平木先生からの最後のファックスは十二月二十七日に届いた。

〈ご入院いただく病院は腎《じん》透析と、いわゆるリハビリを中心のお年寄りの多いところですが、心療内科としては、スタッフの訓練はまだ不十分ながらそれなりの教育をしていますし、すでに十分な症例の心身症の入院患者さんをおあずかりした経験を持っていますので、安心しておいで下さい。

入院に際しての心構えとしては、

①過度の期待を持たないこと。

②入院期間は一カ月半か二カ月の予定で、その間冬ごもりでもするつもりで、いろんな雑用から離れて治療に専念してみること。

③心因かどうか、疑問を持ったままでいいこと。無理に医師のことばに迎合しなくてもいい。ただ、今まで様々なことをやってみて効果を上げなかったのも事実だから、今度は一回まったくちがった形の治療にトライしてみるという気持で来て下さい〉

当時の平木先生のメモと補足的なお話はおよそつぎのようなものである。

入院までのファックス通信は、ひたすら訴えを受容し、保証（必ず治るという保証）、支持（ともすればくずれそうな患者さんの心を支えてあげる）、説得（正しい知識、心身相関を少しずつ教示する）という心理療法の原則にのっとって進めた。折りにふれ、「あるがまま」「自然体」という森田療法の考えを伝えた。

しだいに判《わか》ってきたことは、思い込みが非常に強いということ。「筋肉の弱化」「難病奇病」という思い込み。そのため、筋肉強化の水泳や運動などはやや強迫的。心身相関については、自分自身のこととしてはまだ理解できずにいる、など。

とにかく非常に強く自己流の考え、解釈に凝り固まっていられるようだったので、それを打破するのは大変だなあと思う半面、そこさえ突き崩せばなんとかなるはずだとも考えた。

正直いって、治療の見通しについては、決して楽観はしていなかった。

第七章　海の見える寝室

一九九六年一月十一日、私は南熱海温泉病院へ入院した。東京から兄夫婦が車で送ってくれた。私自身のつぎに「心因」の見方に強く反対していたのは兄の五十嵐均であろう。反対の最大の理由は私の性格にあった。私はいわゆるネアカだし、物事を内向的に考えるたちではない。私のようなタイプの人間が心身症など絶対になるわけはないと主張し続けた。私たちにはもう両親がいないので、四歳上の兄は、考えてみれば私が生まれて以来最も長く付き合った人ということになる。その兄の私の性格診断は私自身のそれとほとんど一致していた。だが、兄はもう何も意見はいわず熱海へ車を向けた。

私たちは終戦の前年東京から熱海へ疎開《そかい》し、終戦はさらなる疎開先の静岡県川根町で迎えた。現在は私の通った小学校跡地に、〈夏樹文庫〉という可愛《かわい》らしい図書館がつくられている。戦後熱海まで戻ってきて、兄も私も熱海小、中学校を卒業した。車が湯河原あたりまで来るとなんともいえず懐《なつか》しい。穏やかに晴れた冬の午後で、相模《さがみ》湾の水は温かそうな明るいブルーをたたえていた。海岸線に沿った傾斜地には南仏の別荘でも連想させる瀟洒《しょうしゃ》なレストランが点在している。

「海を眺めてゆっくり食事でもしていこうか」と兄は気楽なことをいう。

「とんでもない」と後ろに寝た私は不機嫌に断わる。そんなことができるくらいなら、懐しい土地へ入院などしに来はしない。

南熱海温泉病院は、伊東線網代《あじろ》駅にほど近く、海にも近いがちょっと立てこんだ家並の間に建っていた。古い八階建の白い建物だった。午後四時すぎの院内は冷んやりと静かで、総婦長の岡田好美さんと事務長の杉原敬一さんがにこやかに出迎え、四階の四〇三号室へ案内して下さった。ベッドルームとバスルームの奥に六畳の和室がついていた。ガラス戸の外は家々と、旅館や魚料理店の看板などの先に入江があり、その向こうが岬だった。岬は幾重かに出入りして錦《にしき》ヶ浦の先端まで見え、その反対側が熱海の繁華街のはずだ。そちらと比べれば、同じ熱海市内でも網代はずっと鄙《ひな》びて寂しかった。

荷物が着いていたので、嫂《あによめ》の信子さんに手伝ってもらって片付けた。私は三十分ほどの作業でぐったり疲れて洋服のままベッドに横になった。

ベッドの上からでも海が見えた。私が少女時代を過ごした熱海の家は、海と岬の茫《ぼう》洋《よう》たる眺望に恵まれていた。高校入学と同時に東京へ越して以来、そんな眺めは望むべくもなかったから、私はできるならもう一度海の見える家に住みたいと思い続けてきた。朝目覚めて寝室の窓から輝く海を見たら、何倍も心晴れやかにその日を送れるだろう——などと。

人間とは思いもかけぬ形で積年の夢が叶《かな》うものらしかった。

〈辻井〉という名札をつけたまだ初々《ういうい》しい感じの看護婦さんが来て、スタンドの具合を直したり、院内の説明をしてくれた。

のちに見せてもらったその日の彼女の日誌にはこんな記述がある。

〈義姉に「みなが帰ってしまったら寂しいわ」と言っている。口調はてきぱきしており、意思表示もはっきりしているが、入院することに対し、不安もあるようにみられる。〉

彼女が敏感に私の気持を見通したのか、それとも私の言動にはありありと内心が顕《あらわ》れていたのだろうか。入院時の私の心理状態はといえば、ただもう心細さの一色に塗りつぶされていた。自分はまたも無意味な治療法を試み、二カ月を空費しようとしている。しかも、それは単なる徒労ではなく、徒労を重ねることによって真の治癒はいよいよ手の届かない遠くへ去ってしまう。そしてその先自分はどこへ行くのだろう……といった思いが、よるべないような心細さになって私を被《おお》い包んでいた。

ああ、ヒラキのペースにのせられて、とうとう入院させられてしまった……。

病室に誰もいなくなって、そんなことを考えていたら、当の平木先生がひょいと姿を現わしたので、私は少しあわてた。白衣の彼を見るのははじめてで、ちょっと新鮮な印象を受けた。穏やかに笑って、簡単な挨拶《あいさつ》をされた。

「ほんとにとうとうこんなところへ来てしまいました。先生一人を頼りに網代くんだりまで来たんですからね。よろしくお願いしますよ」

私はまたしても失礼な挨拶を返しながら、自分ではいよいよ情けなくなって涙が出そうになった。

翌日は胸と腰のレントゲンを二、三枚と、平木先生のごく簡単な触診があった。自分では入院後も自律訓練を少くとも日に三回はやるようにといわれた。自律訓練の〈公式〉はファックスを交信中に少しずつ進んで、この頃には「気持が落ち着いている」のあと「両手両足が重たくて温かい」と頭の中で繰返すことになっていた。するとほぼ確実に両手には重く痺《しび》れたような違和感が発生し、時には足にも同じ感じを覚えた。

「心療内科の治療としては、一般的なカウンセリングと薬物療法のほかに、いわゆる三本柱といわれる自律訓練法、交流分析、行動療法があります。さらにその他の特殊療法として、絶食療法、森田療法、生体エネルギー療法、催眠療法等々、細かく分類すれば三十八種類くらいの技法療法があるんです。これから約二週間は検査や観察、つまりドクターの側が患者さんから情報を収集する期間に充《あ》てさせてもらいます。その結果であなたにはどの療法を適用するかを決めます。それは任せていただいていいですか」

「はい」

「限られた時間を無駄にしないために、お互いに本音で話しましょう」

「はい、勿論《もちろん》」

一日三回体温と血圧を測りに来る看護婦さんたちはみんな親切で優しく、総婦長も時々部屋を覗《のぞ》いて下さる。温泉病院だけに屋上と一階に大きめの浴場があり、そちらに入ってみるとやはりお年寄りが多いように見えた。

特別の療法が始まるまでは何も制限はないので、先生が訪室される時以外は自由時間である。私は入院の翌日からさっそく散歩に出かけた。症状は入院前と同じく、痛みや倦怠感《けんたいかん》がのべつ襲ってきたが、よほどひどくない限り、歩くことだけはできた。

入院してベッドに横になってばかりいたらますます筋肉は弱る一方だ。水泳もできなくなってしまった今、せめて歩くくらいは毎日わずかでも続けなければならないと、身構えるように考えていた。

この辺は東京や福岡よりずっと温暖である。お天気の好《よ》い日は鯵《あじ》や魳《かます》のひらきをいっぱい天日に干している干物屋さんの並ぶ海岸通りを歩き、網代トンネルのあたりまで行ったり、反対側の駅裏の傾斜地をのぼって、たわわに実るみかんの間から明るい海を眺めたりした。無論、痛みのためにジッとベッドに横たわっているだけの日もある。

平木先生は毎日朝と午後の二回訪室され、ベッドサイドに腰掛ける。私は寝《やす》んだまま、たくさんの聴取が行われた。私の成育歴、子供の頃から現在までの印象に残る経験、性格や価値観、家庭環境、家族や人との関係、仕事歴等々……そして今回の病歴と現在の心身の状態。質問は順序よく整理され、遺漏なく細部に及ぶ。私も持ち前の早口で率直に答えた。これほど洗い浚《ざら》い、自分のことを人に話した経験はいまだかつてなかった。喋《しゃべ》ることは心理的な発散にもなった。先生の受け応《こた》えは的確で、ウィットに富んでもいたから、二人で声をたてて笑うことも一再ではなかった。私たちの間には日に日に親しい雰囲気がつくられていった。

あとで私は先生の治療スケジュールのメモの中に〈準備期間中に心身の検査を行い、十分なラポールをつける〉という一行を見つけた。ラポール（共感的な関係）は着実に醸成されていたかのようだが、いわばそれは仮そめの、馴《な》れあいのラポールであったのかもしれない。なぜなら私たちはいちばん大もとの一点、私の病気が心因かどうかの点に関しては、相変らず合意とはほど遠いところにいた。

たとえば、先生が私の性格の特徴について尋ねた時、私は、

「もっとも顕著な特徴を一つ挙げよといわれたら、明るいということだと思います」

と自信をもって答え、「だから心因性の病気なんて考えられないんです」と付け加えるのを忘れなかった。

「今の時点で議論をしても、こちらが一方的に自説に導くような感じになって、心底から納得できないでしょう。療法に入ってからいっしょに考えるようにしましょう」

と先生はサラリと受け流した。

「それにしてもねえ」と、これは本当に不思議そうに首を傾《かし》げていわれた。

「たとえば山奥に一人で住んでいて何の情報も得られないというのならいざ知らず、しかも人並みかそれ以上の知的レベルを持たれているはずのあなたが、どうして三年間も心因という考えに見向きもせず、心身医学の扉を叩《たた》かれなかったのですかねえ」

「…………」

「勿論発症当初は整形外科を受診し、マッスル・ウィークネスという診断も妥当だと思いますよ。水泳や体操に励んだのも自然ですね。しかし一年も何の効果もなければ、当然メンタルな方向へ目を向けるはずじゃないですか。いや、今ではあなたを診察されたすべての先生方が心因だと考えておられるでしょうね。頑固に否定し続けているのはあなただけです」

「精神科には相談したんですよ。でも親しい先生方は遠くにいらして電話の話では限界があったし、整形外科から紹介された先生は患者の内部に踏みこむということをされない主義の方で、安定剤を下さるだけでしたから……」

「九大にも心療内科があるでしょう」

「いいえ、心療内科のことはよくわからなくて、とてもそんな気には……」

今でさえまだ本気で治療を望んでいるのかどうかはっきりしない気持だったが、さすがにそこまでは口に出さなかった。代りに私はふと別のことを思い出した。

「先生がわざわざ福岡までおいで下さったから心療内科のお世話になることになったわけです。どうしてあんなにご親切に来て下さったんですか」

「福岡へ行ったのは伊藤正孝君の初盆参りと、もう一人親しい友人の見舞いも兼ねていたんですがね。でもあなたを診察治療してみようかと思ったきっかけは、やっぱり伊藤君のコラムを読んだことかなあ」

「〈私の会った人〉ですね。彼の最後の仕事になった……」

「伊藤君が五月三十一日に亡《な》くなって、七月中頃、遠山君やぼくなど彼の身近にいた者たちが集って伊藤君を偲《しの》ぶ会をやった。その時遠山君が『夏樹さんも誘おうかと思ったんだが、腰が悪くてとても坐《すわ》っていられないので』といってましたね。食事をしながら、それぞれが持ち寄った手紙や写真、新聞雑誌の切り抜きなどを読み合っている中に、朝日のコラムがあったんですよ。それでぼくは夏樹静子さんが腰痛で苦しんでいられること、周囲には心因性ではないかと言う人もいる、などのことを知ったわけです……」

後日平木先生は遠山さんへ手紙を書いた折り、私のことにも触れ、心因性の腰痛というものは存在するし、過去三、四例心因性疼痛《とうつう》障害の患者を治療した経験もあり、私も心療内科的治療や検査を受けているかどうか、もし未経験なら一度自分が話を聞いて、心身症の可能性があるか否《いな》かを考えてみてもいい、といった意向を伝えた……。「坊主《ぼうず》と医者の押し売りはあまり感心しないが、というのも付け加えましたがね。それで遠山君があなたに連絡して、あなたからお電話を頂いた。――結局、ぼくにとっては症例としての興味がいちばんだったわけですが、こうして振り返ってみると、伊藤君の関与も大きかったと思いますね。彼を偲ぶ会で彼の書いたコラムを読み、それがいつまでもぼくの心にひっかかっていたんですからね。伊藤君も生前、精神心理面で問題ありそうな人について、よくぼくに相談していたし、心身医学、心療内科のこともそれなりに理解していましたが、あなたの場合には、整形分野の腰痛がまさか心因で起こりうるとは、彼も考え及ばず、ぼくに相談もしなかったんでしょうね」

私はわが意を得たような気がした。

「そうなんですよ。私だって、これが胃潰瘍《いかいよう》とか偏頭痛とか、先生が経験された心臓神経症なんかなら、心因といわれればなるほどと納得しますよ。だけどまさか腰痛がねえ……」

「いや、どこに出てもおかしくないのです。原因は同じなんです。たまたまそれが胃潰瘍になったか腰痛になったか、心臓へ来たかというだけのことです。ですからわれわれも、どの患者さんに対しても同じ考え方で治療を行うのです」

「ははあ、そうすると……たとえば私がよくいう三重苦ですね。痛みと倦怠感と、椅子《いす》に坐れない、立っていられないというようなこと、これも別々の病因ではなく、みな同じなわけですか」

今度は先生がわが意を得た顔をした。

「とてもいい質問です。その通りですよ。みんな同根なのです」

彼は静かだが力をこめて答えた。

先生と話している間はまだしも気が紛れたが、一人になるとたちまちまた真暗なトンネルの中に踏み迷ったような心細さに搦《から》めとられる。こんなことをしていていいのだろうか。自分はこんなところで何をしているのだろう……。

夜には枕元《まくらもと》の電話から家族や信頼できる友だちに掛けた。「ほどほどにして帰ってきたら？」という人も二、三人いた。だが私は「来た限りは全部の治療を受けます」と答えた。途中で投げ出して帰ってしまったら、それこそ何をしていたのかわからない。入院した限りは平木先生のプログラムに従い、すべての治療を受けて帰る。頭の中は疑問でいっぱいでも、不思議にその決意だけは揺るぎなかった。

入院後まもなく三種類の心理テスト（ペーパーテスト）を受けた。一月十七日のカルテにはその結果が記入されている。

〈総合評価。性格的には特に問題のある性格ではないが、合理性が強く、協調性が若干落ちるという特徴から、合理主義者でやや自己中心型の性格傾向がうかがえる。

ＣＭＩは正常範囲。ＣＭＩの②③と共にＳＤＳ52点とうつ状態を示しているのは、

今回の罹患《りかん》により前途を悲観しての反応性のうつ状態と考えられる。〉

ＣＭＩはコーネル大学医学部の心理テストで、②③の欄を見ると「希望がない」「自殺傾向」とあり、そこに○がつけられている。ＳＤＳは鬱《うつ》の程度を測るテストで、50点以上は鬱に入るのだそうであった。

入院前にはひどい不眠と毎朝の早朝覚醒《かくせい》に悩まされていたが、入院後は毎日三回精神安定剤らしき薬が出て、その効果か夜の入眠剤を服《の》まなくてもよく眠れた。これはずいぶん助かった。

入院の翌日から、友だちや編集者、それに子供たちがつぎつぎ毎日お見舞いに訪れてくれた。私は洋服を着てベッドに寝み、時々は起き上って応接した。編集者との話題はどうしても自然と仕事のことに流れ、私は「このまま治らなくても、できる範囲でなんとか書いていきたい」という前提で話をしていたように思う。横になったらくな姿勢でだんだん夢中になって喋っていると、頭の中ではいくらでも何でも書けるような錯覚に陥ってくる。が、彼らが帰ったあとでは、いっとき遠のいていた痛みや怠《だる》さが反動のように増幅して押し寄せてくる。三十分も落着いて椅子に掛けられない現実に立ち戻って、夢から覚めたように、もう何もかもが不可能に感じられた。

例年の〈サントリーミステリー大賞〉と〈横溝正史賞〉の選考会が近づき、選考委員の私は合計七篇の長篇の候補作を読まなければならない。

一月十八日頃、先生に仕事関係の予定を尋ねられて、私はそのことを話した。

「みんな事情はわかってくれてますから、欠席して書面提出でもかまわないのですが、サントリーのほうはステージの上での公開選考なので一人欠けると目立つし、今年まではなんとか頑張ってほしいとまた慰留されてしまったんです」

サントリーが一月二十六日、横溝賞が二月一日だった。先生はしばらく熟慮されてから、

「遅くとも一月末頃から療法に導入したいと考えています。ですから、二月一日は欠席させてもらって下さい。サントリーのほうは行ってみられたらどうですか。ステージの上でどの程度掛けていられるかなど、自分の状態をよく観察してごらんなさい」

実際その点が私の心配の種だった。発症以来サントリーは三回目の選考会で、発症後七カ月めの九三年八月にはまだ「そのうち治るさ」という気分で、当日福岡から上京し、ホテルの美容室でヘアメイクしてから会場へ向かった。それくらいの余力があったのを憶《おぼ》えている。つぎの九五年一月は前夜から上京し、どうしても掛けていられなくなった場合のための意見書を用意していた。そして今年は病院から出席して病院へ戻るのだ。

二十五日に迎えの車が来て、私は中目黒の兄の家まで移動した。二階までが兄夫婦の住居と事務所、三階はマンションで今は娘が借りて住んでいるので私はそこに泊る。

当日の二十六日は寒い日で、私は朝から調子が悪く、痛みも倦怠感《けんたいかん》も激しくてギリギリまでベッドで寝《やす》んでいた。迎えが来る四十分前に這《は》うようにして起き出し、着替えと化粧をした。眦《まなじり》を決して車に乗った。

ステージに上ると、司会の文藝《ぶんげい》春秋出版部長がさりげなく私の症状に言及し、いつでも退席しやすいように配慮してくれた。選考はいつもと同じ一時間四、五十分かかった。骨盤全体が身体《からだ》で圧迫されるような苦痛はこれまでで一番つらく、時間の経過と共に募ってきたが、私は絶対に中途退席はしない決意で、なんとか最後までもちこたえた。用意した意見書は今回も使わずにすんだ。

帰途はまっすぐ病院へ、編集者に付添われ、ハイヤーの後部シートに寝て来た。消耗しきって、部屋のテーブルに置かれていた夕食はもう掛けても坐ってもとれず、ベッドに横たわってスプーンを口に運んだ。ともかくも一仕事すませたという安堵《あんど》と、ここまで弱ってしまったかという暗澹《あんたん》たる気持が相半ばしていた。

翌二十七日朝、平木先生から〈絶食療法〉を行うことを告げられた。

「当初お話しした通り、心身医学には数々の療法がありますが、入院以来聴取や観察を続けた結果、あなたには絶食療法が最適であろうという結論に達しました」

「つまり、断食《だんじき》するんですか」

「十二日間絶食して頂きます。水か番茶だけは一定量以上必ず飲む。ほかの必要な栄養素は毎日点滴で補給します。それから絶食期間中は主治医、看護婦以外との接触は禁止です。だからこの室内だけで生活して頂くことになります。テレビ、ラジオ、新聞、読書、電話もいっさい禁止。体力の消耗を防ぐために、なるべくベッドで安静を保って頂くのが望ましいですね」

　入浴はシャワーのみ、歯ブラシを使うことも出血しやすいのでいけないという。

「十二日も絶食したら、体力、筋力もずいぶん低下するでしょうねえ」

「あとで必ず取り戻せます。絶食療法のあと、何か不可逆的な障害が発生したというケースは一例もありません。きわめて安全な治療法なのです。東北大学の心療内科で最も多く採り入れていますが、そこでは八十パーセント以上の奏効率が報告されています」

　奏効率……つまり絶食するとどんな良い効果があるのですかと、私はなぜか訊《き》かなかった。前年の夏福岡で「心因です」と断定された時、その心因とは何かと質問しなかったのと、どこか共通した心理だったかもしれない。私ははじめて通告された〈絶食療法〉をにわかに信じることはできなかったし、多くを期待してもいなかった。信じるとか期待するとか、そういう積極的な精神活動に必要なエネルギーがもう充分に残されていないような感じでもあった。

「絶食療法を行ってもよろしいですか」

「はい、どうぞ」

「途中で熱が出たり、いろんな症状が出る場合もありますが、絶対に心配ありませんから、安心して私について来て下さい」

「よろしくお願いいたします」

要するに空腹と退屈に耐えればいいのだろうと、私は素早く思った。それくらいならどうにかなるだろう。とにかく入院した限りは平木先生のお考え通りにやって頂く。私は俎《まないた》の鯉《こい》になりきってすべての治療を受ける。その基本姿勢にだけは自分でも奇妙なほど、いささかの迷いもないのだった。

私が諒承《りようしよう》すると、さっそく二十九日月曜から開始と決まった。

二十七日は娘が婚約者と一緒に来て、三人で海岸を散歩し、小さいがおいしそうな店を見つけてラーメンを食べた。当分何も食べられないと思うといろんなものが食べたくなった。夜は遅くまで本を読んだ。入院後は二賞の候補作のほか、比較的肩の凝らない集英社の『日本の女性史』全六巻を順に読んでいた。療法に入ったら、活字の禁断症状がいちばん怖いような気がした。

二十八日日曜には午後から兄夫婦が来て、夕食はせいぜいご馳走《ちそう》してやろうという。伊東線の熱海と網代の間に伊豆多賀という駅があり、昔はとても穏やかな海水浴場があった。小、中学生の頃は友だちとよく泳ぎに来た。伊豆多賀駅から少し下ったあたりにきれいな日本料理屋ができていて、三人でそこへ出向いた。坐敷《ざしき》をとってもらい、私は例のプラスチックのゴミ箱をひっくり返して肱《ひじ》を預け、一時間半ほど頑張って夕食を摂《と》った。明日からの療法について、兄はもはや自分の理解の及ばぬところだという顔で、一言もコメントしなかった。

八時頃病院へ戻ってからは、あちこちに電話を掛けた。当分は掛けてもらっても繋《つな》がらないことを伝えた。中には絶食と聞くと少し馬鹿《ばか》にしたような、反対の意を暗に表明した人もいたが、この期《ご》に及んでは誰も帰ってこいとはいわなかった。最後に夫に掛けた。すでに平木先生から詳しい説明を受けていたらしい夫は「いい機会じゃないか」という。

「いっさいの情報をカットされればひたすら自分と向きあうしかないわけだろう。めったにできない貴重な経験だと思うよ。ぼくも受けてみたいくらいだ」

「私、空腹にはわりと強いほうなの。若い頃ダイエットなんかもきちんとやれたし。さぞ退屈でしょうけど、まあそう長いことではないから」

空腹と退屈に耐えさえすればいいのだと、この時も私は考えていた。それがいかに甘かったかを、あとでしたたか知らされることとなる——。

実は平木先生はかなり早い時期から私に絶食療法を適用することを決めておられたらしい。それに先立って、五人の看護婦（総婦長岡田好美、主任稲葉ふみ代、副主任峯田行子、辻井清美、瀬戸千代乃）さんをスタッフに選び、ミーティングを重ねた。その時みなに配られた資料が、私があとになって見せてもらった分厚いカルテの中に挟みこまれている。

症例・出光静子・主婦・57才

（夏樹静子）（作家）

主訴　腰背部痛、座位立位の保持困難、倦怠感

病名　心因性疼痛《とうつう》障害（心身症）

心身症（PSD＝Psycho-Somatic-Disease）

病気の診断、治療に、身体面のみでなく、精神、心理面からの考察を必要とする疾患。　ex.・胃潰瘍《いかいよう》（心身症）

ＰＳＤ患者取扱い上の注意

①治療体制（医師、ナース、施設、ｅｔｃ・）に対する不安を解消してあげる。

ex.「大丈夫です」

「経験があります」

②患者への説明、説得等の発信元をDr.に一本化しておく。

③受容（訴えをよく聞き理解する）、支持、保証（ex.「きっと元気になります」）

④スタッフの間の情報交換を密に。

⑤スタッフが不安になり動揺しないこと。

⑥看護記録は患者のことばで書く。

心因性疼痛障害（Psychogenic Pain Disorder）

ＤＳＭⅢ（アメリカの精神疾患の分類）による診断基準。

Ａ　重症で遷延《せんえん》した疼痛が優勢な障害である。

B　一症状として現れる疼痛は、神経系の解剖学的分布に従わないか、精密検査の後でも原因となるような器質的病変ないし病態生理的機序が見出《みいだ》され得ないか、ある程度関連する器質的病変が存在する場合にも疼痛の訴えがこのような身体所見から期待されるものを非常に上回っているか、である。

C　心理的要因が病因的に疼痛と関わると判断され、以下のうち少くとも一項目によって明らかにされる。

①心理的葛藤《かっとう》ないし欲求と明らかに関連する環境刺激と、疼痛の発現ないし増悪との間の時間的関係。

②疼痛によって患者が自分にとって有害な活動を避けることが可能になること。

③疼痛によって患者が他の方法では獲得できないような支持を周囲から得るのが可能になること。

D　他の精神障害に起因しないこと。

本症例に関して特に注意すること。

①患者は著名な作家（夏樹静子）と、主婦（出光静子）という二つの顔を持っ

ている。当院では主婦・出光静子として取り扱うこと。
②原因不明の疾患による「筋肉の衰え」という考えに固執していて、心身症としての理解は不十分であるので、当面無理に説得しないこと。
③絶食療法についてはDr.からの説明があるまで、スタッフからは話さないこと。
④別命あるまでは行動制限はなく、自由にさせておき、さりげなく観察すること。

第八章 螺旋《らせん》階段

九六年一月二十九日月曜、絶食療法第一日目の早朝、私は激しい腰の痛みで眠りを破られた。

痛みのために目覚めるか、目覚めた直後から痛み出すのはそれまでもほとんど毎朝のことで、ベッドに留まっていると痛みはどんどんひどくなってくる。起きると身体《からだ》が怠《だる》いし、寝ていると痛い。迷った末にようやく床を離れ、着替えや洗面などウロウロ動いているうちにある程度までやわらぐ。それからしばらくして、また本格的な昼間の痛み（日によって程度の差はあったが）が押し寄せてくるというのが日常のパターンで、入院後もそれは同じだった。

この朝の痛みはことのほか激しかったが、ともかく起床してセーターとジャージーの昼着に着替えて洗面した。今日から朝食が出ないし、とにかく痛いので、すぐまたベッドに横になった。

平木先生がいつもより早めの八時すぎに姿を見せられ、

「いよいよ始まりましたね。頑張りましょう」と明るい声でいわれる。私が痛い、痛いと訴えても、まるで予期していたことのように頷《うなず》いている。

看護婦さんがうすい番茶の入った目盛りつきの大きなガラス容器を持ってきて、なるべくたくさん飲んで下さいという。

「一〇〇〇ミリリットル以上飲めなかった時は点滴を二回しなければなりません」

十時頃から点滴が始まった。五〇〇ミリリットルの補液を二時間かけて落とすそうである。私は腰中が噴火を始めたような、近来にないほどの痛みに耐えながら、腕をのばし、ジッと横になっている。

その間にまた看護婦さんが二人やってきて部屋中を点検し、本や雑誌、溜《たま》っていた新聞、ラジカセとカセットまで段ボールに入れて運び出す。冷蔵庫も検《しら》べたが、中にあったプリンやゼリーなどはそのままにしておいた。テレビや電話機に封でもするのかと思ったが、そこまではしなかった。

「新聞や牛乳は今日から止めてあります。外部からのお電話もお繋《つな》ぎできませんけど、しばらく我慢して下さいね」とにこやかにいい、ドアの外に〈面会謝絶〉の張り紙をしていった。

点滴が終わるといよいよ何もすることがない。ふつうなら退屈でたまらないところだろうが、強くなる一方の疼痛《とうつう》に耐えているのがやっとだった。再び訪室された先生に、「こんなにひどい痛みが少しの途切れもなく続いたことなど今までほとんどありませんでした。気が変になりそうです」と訴えた。実際そう思うほどだった。

「絶食療法の一つの症状が出ているのです。ご心配はいりません。生命の危険も、気が変になることもないのは保証します」と先生はやはり落着き払っている。

「痛みから逃れようとせず、正面から対面して下さい。ねじ伏せなくてもいい、ただジッと受けとめるのです。痛みが強くなっても恐れずうろたえず、どこまで痛くなるか見きわめてやろう、といった気持でいて下さい。そして、必ず治る、生まれ変るのだと自分にいい聞かせるのです」

それから彼は大学ノートを一冊私に渡した。〈絶食療法日記〉と表紙に記されている。

「毎日就寝前に見開きで二ページ分書いて下さい。それ以上にならないように注意して、何でも自由にお書き下さい」

午後になり、夕方になり、家並や入江が闇《やみ》に沈み、岬の山の頂き近くまで家々の灯火が瞬《またた》き始めても、腰から背中にかけての異様な痛みはおさまる気配がなかった。テレビも本もないのだから紛らしようもない。口の中がカラカラになって、番茶だけはいくらでも飲める。看護婦さんは検温や血圧の測定に来たり、たびたび様子を見に来てくれるし、先生も昼と夕方と三回も顔を見せて下さったが、いわれることは同じでどうもしてもらえない。

夜八時頃そろそろと起きてシャワーを浴び、ベッドの中で日記を書いた。

〈とにかく間断なく、むごたらしいほどの痛みが続く〉

〈この療法から生還できるだろうか〉などと記している。そのくらい心細くなり、早くも療法への懐疑が芽生え始めていた。

夜更《ふ》けるにつれて痛みはいよいよ激化して、ジッと寝ていられなくなり、仰向《あおむ》けから左を向き、俯《うつぶ》せになり、右を向き、また仰向けになり、五分おきくらいに身体を動かしてはグルグル回っていた。眠るどころではない。今まで三年間痛みを抱えてきたわけだが、その中でもこれほど猛烈に、昼も夜も休みなく続いたことははじめてだった。私は長女を出産した前夜の苦闘を思い出した。

二十八歳の初産婦だった私は、予定日を二週か三週過ぎてもお産の気配がなく、医師の判断でその医院へ入院させられた。陣痛促進剤が打たれ、陣痛は容赦なく襲ってくるが、胎児は少しも下ってこない。夜中にはヒマシ油など飲まされたが、いっこうに分娩室《ぶんべん》へ入るような状態にならない。経験者ならみんな知っていることだが、とにかく陣痛というのは生半可なものではない。まるでお腹《なか》の底から物凄《ものすご》いマグマが湧《わ》き出して、どんどん膨れ上り、今にもお腹がパンクするかと思う寸前にようやく退《ひ》く。何分か何秒かたって、また襲ってくる。その繰返しである。それでも確実に赤ちゃんが生まれ出ようとしている胎動が感じられるなら耐えようもあるのだろうが、全然出産の気配もなく、ただ陣痛だけが繰返されるのはたまらない。一昼夜が明けて先生の顔を見るなり、私は「もう限界です。切って頂けないでしょうか」と頼んだ。先生もその気だったようにすぐに諒解《りょうかい》した。救急車が呼ばれ、私は九大病院へ運ばれて帝王切開で長女を出産した。ともかくも無事に元気な子が生まれたのだけれど、自分のほうから「切って下さい」と白旗を掲げたことは、長い間私の心の中に苦いコンプレックスとして残った。私は敵前逃亡したのではないか。自分は人並のお産もできない意気地なしの女なのだ——。

まもなく三十年にもなるその夜のことを、私はリアルに思い出していた。あの痛みと、どうなることかという恐怖。あの晩と今夜とどちらがつらいだろうかと思った。

夜十一時に看護婦さんが巡回に来た時、私は睡眠薬を注射して下さいと頼んだ。私には鎮痛剤はいっさい効かないのだから、苦痛から逃れるすべは眠りしかない。入院以来安定剤や入眠剤が出てよく眠れていたが、絶食が始まってからは経口の薬はもらえない。この激痛に加えて日頃の薬もなければ眠れるはずもなかった。

「我慢できませんか」

「眠りたいんです。どうしてもつらい時には注射をして頂けると聞いた憶《おぼ》えがあるんですが……」

「ええ、でももうちょっと頑張ってみませんか」

押し問答の後、彼女は電話で先生に相談してみるといって退室した。十分ほどして戻ってきて、許可が出たからと注射してくれた。

しばらくは少し頭が朦朧《もうろう》として、痛みもわずかにやわらいだような気がしたが、やがてまたぶり返し、一睡もできないまま朝を迎えた。まる二十四時間痛み続けて、まだ止《や》まないのだ。カーテンの隙間《すきま》が仄明《ほのあか》るくなる頃、私は翻然と決意していた。こんな療法はやめて帰ろう！

それまでは、来た限りはすべての治療を受けようと考え、その気持が揺らぐことはなかった。だが、今度ばかりは音をあげたのと、いつか、どこかの整形外科で聞いた話を急に思い出したのだ。

「痛みがないという状態をつくることは、それだけで治療効果がある。筋肉が弛緩《しかん》し、血行もよくなりますから」

いやが上にも痛みを強めるような療法に何の良いことがあろう？　悪化させるばかりではないか。取り返しのつかない結果にならぬうちに早々に退散しよう。

朝八時半頃平木先生が姿を見せるや否《いな》や、私は猛然と抗議する口調で訴えた。

「こんなひどい療法とは思いませんでした。とにかく昨日の朝からずっと一刻《いっとき》の休みもなく……こんなことは三年間の中でも最悪です」

「いろんな症状が出る場合があると申しあげたでしょう」

「熱が出たりするとは伺いました。でもまさかこれほど……」

「主訴の激化は必発なのです。腰痛が主訴の患者さんは一時的にそれがひどくなります」

「そんなことは初耳です」

「ですからいろんな症状が出ると……」

「絶食で体力が消耗して、ますます悪くなるんじゃありませんか」

「絶食のために体力が極度に落ちたり、腰痛に悪影響を及ぼすことは絶対にありません」

「それにしてもなんとかこの痛みを止めてもらわないと……空腹と退屈に耐えさえす

ればいいと思っていたのに、そんなことを感じる余裕もありませんよ」

「絶食療法はきびしくてつらいものなんです。ただらくにして食を絶てば効果があると思ったら大まちがいです」

先生は平然としている。約束がちがうといいたいのはこちらのほうだった。私は昨日の朝から引き続く苦痛をまたくどいほど話し、もうやめて帰るというつもりだった。ところが、まことに奇妙なことに——痛みの説明をしているうちに、すーっと波が退くようにその痛みがやわらいできた。「やめて帰る」という結論に辿《たど》り着く以前に、すっかり消えてしまった。

まるでそれを見透かしたように先生がいう。

「どうですか、療法を継続しますか。あなたが納得しなければできないことですから、やめるとおっしゃるのならやむをえません。どうぞご自身で決めて下さい」

すっかり機先を制された形だった。私は少し黙っていてから、せめてもの抵抗を示した。

「私はまだ療法の効果が信じられないのですが、それでもかまいませんか」

「かまいません」と彼は言下に答えた。

先生と話している間に痛みが消えてから、まる一日、私は嘘《うそ》のようにらくな時間を過ごした。午前中に二時間の点滴をすませると、ベッドの上で横になったまま、晴れた空を眺めていた。数枚のガラス戸に縁取りされた青空を絶えまなく白いちぎれ雲が横切っていく。それらはみんな人か動物の姿態に似ているように見えた。

苦痛がないと退屈を覚えた。空腹は時たま思い出したように感じる程度だった。退屈すればさまざまな雑念が湧いてくるものだろうと想像していたが、心に浮かぶのはひたすら腰痛にまつわる記憶ばかりである。自分がこの三年間、いかにその苦痛ばかりに心を占められ、上の空で過ごしてきたかを知らされるようで愕然《がくぜん》とした。私は五十四歳で発症したが、年齢の感覚はそこで止まっている。何かの拍子にすでに五十七になっていることに気付かされてショックを受ける。三年間は空白のようだった。〈まるで腰痛のヒストリーが私のアイデンティティででもあるかのように〉とその日の日記に書いている。

その晩も痛みがなく、約二十四時間苦痛なく過ごせたのも近来にないことだった。

ところが三十一日、三日目の朝から再び鈍痛がぶり返してきた。

一日三回先生が訪室され、三、四十分のカウンセリングが行われる。

「痛みが来たら、ジーッと熱いお湯に浸《つか》っているみたいに、痛いなあと思いながらジーッと耐えて下さい。受けとめて逃げ出さないのです。

こうやって必ず治るのだと自分にいい聞かせて下さい。あなたの頭の中には、私はもう元の元気な身体《からだ》になれないのではないか、という誤った情報がしっかりインプットされている。それを塗り替えるのです」

療法に入る前は主として私から聴取していた先生が、積極的に踏みこんで指導する姿勢に変っていた。

「あなたの人格の中で夏樹静子が占めている割合はどれくらいでしたか」

「子供が小さい頃は五、六十パーセント。育児の手が離れてからはだんだん大きくなって……発症前は七、八十パーセントくらいだったと思います。でも発症後は段々仕事ができなくなって、限りなくゼロに近くなって……」

「ではもしその夏樹の部分を取り除いたとして、それでも生きて行けますか」

「身体が元気になりさえすれば、生きて行けると思います」

一瞬健康な自分の姿が脳裏をかすめ、私は本心から答えた。元気にさえなれれば……もう欲も得もないと思った。

「椅子《いす》に掛ける、ということから、どんなことを連想しますか」

「書くこと。会食、乗り物の旅行……」

「やっぱり仕事がらみの感じですね」

「でもそんなことばかりしていたから、すっかり筋肉が弱化してしまって……」

彼は短い吐息を洩《も》らした。

「いろんな知識のあるあなたが、どうしていつまでもその筋肉弱化に固執しているのですかね。最初は水泳を勧められた整形の先生だって、今ではメンタルな問題だといっておられるのでしょう？　心因性を認めると、何か心理的に都合の悪いことでもありますか」

「とんでもない、私は病名などなんでもいいのです。ただ、症状のカオ、様相として、どうしても筋肉弱化と感じられるのと、心因が思い当らない。心身相関というのがいまひとつ納得できないのです」

「心因は必ずしも自分で納得できるものばかりではありませんよ」

「性格的なこともあります。私は心の病いに陥るほど純粋ではないと自覚しています。たとえば文章一つ書くのにも、最善の表現が見つからなければ次善を採り、さっさと妥協してらくな道を歩いてきたような気がします。何につけ、病気になるまで自分を追い詰めるほど不器用でも純粋でもないんです」

「どうかな。あなたは自分で考えていらっしゃる以上に完全主義者だとぼくは思いますがね」と先生は苦笑した。

「ともあれ、発症時には確かに身体的な疲れもあったかもしれません。そこで生まれたわずかな症状が、大変なことになったという思いこみや、たえず意識している心理作用によって、実際以上に修飾され、強く感じられているとは思いませんか」

「まあ、そういう意味での心の作用なら認められるかもしれません」

「そのことだけでも取り除けば、ずいぶんらくになるんじゃありませんか」

「はい」

「よし、ではこの問題はそのあたりで手を打つことにしよう」

「結構です」と私は上機嫌に答えた。「手を打つ」という表現がいかにもこの場にふさわしく感じられた。

　昼間の鈍痛が続いたまま、私は夜十時頃わずかにまどろんだが、つぎの瞬間、ドンと腰の奥にパイプでも打ちこまれたような衝撃感で目を覚ました。それからたちまち激化し、パイプで抉《えぐ》られるような恐ろしい痛みが脳天に達して全身が震え出す。二日前の絶食初日の夜以上の、まるで三年間の痛みの集大成のごとき桁《けた》ちがいの苦痛を味わった。午前零時頃ナースコールして睡眠薬の注射を頼んだが、先生に止められているらしく、なかなか承知してくれない。押して頼むと、また「先生に電話して尋ねてみます」といって退室したが、その返事は「痛みを受けとめて我慢して下さい」とい再び一睡もできないで朝を迎えた私は、今度こそこんな療法は中止して帰ると断固心に誓っていた。

二月一日朝の平木先生のカルテにはつぎのような記述がある。

〈訪室するなり恨めしそうな目つきでDr.を見あげ、憤懣《ふんまん》をぶつけるような早口でいうものだった。

「Dr.は心理的に修飾された痛みといったが、眠っていて突然痛くなったのだから修飾などしている暇はない。この痛みは本物なのだと思うと、騙《だま》されたみたいで腹立たしかった」〉

「この療法の特徴として、症状が波状的に現われてくるのです。また、ファックスでもお伝えしたことがありますが、発症から日がたつと、症状は自動的、条件反射的に形成されるようになります。この条件付けを取り除く方法が、痛みをそのまま受けとめることなのです」

「受けとめるにも限度があります」

「療法はまだ始まったばかりですよ。後半に入ればずっとらくになります」

「本当にらくになるんですね？」

「それにしても治療者を攻撃するエネルギーも相当なものですね。そのエネルギーが夏樹静子をがむしゃらに働かせてきた原動力でしょうし、また痛みの根元でもあるのです。エネルギーの強い人ほど痛みに敏感だし、怒りと痛みには密接な関係がありますからね。そりゃあ、さぞ痛いだろうと思いますよ」

そこで怒りを発散させれば痛みも出ていくものなのか、またしても奇妙な現象が発生した。先生に抗議しているうちに、また波が退《ひ》くように痛みが消えていったのだ。

「偶然ではありません。カタルシスが行われているのです」

再び穏やかな時間が訪れた。絶食初日と三日目の昼夜の激痛、二日目と四日目の昼夜のそれまで荒れ狂っていた海が凪《な》いだような静けさは、驚くばかりに対照的だった。

確かに一種不可解な経験が始まりつつはあった。

「あなたの人格の大部分を占めていた夏樹静子の存在に、病気の大もとの原因があると思います。この存在を今後どうするか、考えてみて下さい」

「元気になれるなら夏樹をすててもいいくらいです」

「元気になれるなら、といった取り引きはありえない。無条件で夏樹をどうするか、ご自分なりの結論が出たら私に話して下さい」

その後も痛みは波状的に襲ってきた。

絶食が始まって以来、毎朝体重計にのると、確実に一キロずつ減っていく。私はほとんどベッドに横になって空と海を眺めて過ごし、痛みのない時にはお寿司《すし》やガーリックトーストを食べたいなどと思った。突然餓《かつ》えるように本が読みたくなり、せめて好きな小説の書き出しを思い出せる限り思い出してみようと試みたが、三行以上出てくるものは意外と少い。

二月二日、五日目の夕方――

「あなたの今までの生き方をずっと聴いてみると、典型的なワーカホリック（仕事中毒）ですね。一般的にそういう人たちは〝倒れてのち病む〟といわれる。どうしようもなくなってようやく、病んでいたことに気がつくのです。あなたもそのケースかもしれません。――〈疾病逃避《しっぺいとうひ》〉ということばを聞いたことがありますか」

「精神科のお医者さまから一度、そうではないかといわれた憶《おぼ》えはあります。登校拒否児童が朝お腹《なか》が痛くなるとか、私の場合には、心の中では仕事がやりたくないのだが、その口実が見当らないので無意識に病気を拵《こしら》えて逃げこんでいるのだろうと。でもそれは絶対にちがいます。発症当時、私の心はあれも書きたい、これも書こうと張り切っていたのです。ところが身体がいうことをきかないので、無念でたまらないのです」

「いや、疾病逃避は心に反しても起こるものですよ。あなたの意識している心は本当に仕事をしたがっているかもしれない。しかし、あなたの気がつかない潜在意識が、疲れきって悲鳴をあげているのです。そこで病気になれば休めると考えて、幻のような病気をつくり出して逃避したのです。それがあなたの発症のカラクリなのです」

「潜在意識がそんな作用をするのですか」

「人間の意識の下には、その何十倍もの潜在意識がひそんでいるといわれます」

文字通り意識されない水面下にある潜在意識が、意識に造反して病気をつくり出したという考えに、私はふっと引き寄せられるものを感じた。そういうことなら、私にも疾病逃避は起こりえたかもしれない……。

「夏樹静子が大もとにあるといったのはそのためです。夏樹静子という誰にでも知られた大きな存在を支え続けることに、あなたの潜在意識が疲れきって耐えられなくなっているのです」

「いえ、私はそんな……」

そんな大きな作家ではないし、立派な仕事をしてきたわけでもないのです、と私はいおうとして口をつぐんだ。ささやかな物書きの営みにすら、非力な私は耐えられなかったのかもしれないと思った。

「夏樹静子をどうするか、真剣に考えて下さい」

その晩、私はまどろんだ直後に、痛みではなく、耳許《みみもと》の声で眠りを破られた。

「お前はもう治らないのだ！」

ありありと聞こえたその声で私はハッと目を開け、真暗な絶望感に心を鷲摑《わしづか》みされていた。

ああ、自分は決して治らないのだ。

ほとんど確信的な予感が姿のない声になって私を襲うことは、これが最初ではなかった。発症三年目くらいからしばしば発作的に、真昼のなんでもない時や、うとうと眠りかけた瞬間、あるいは早朝覚醒《かくせい》する直前などにはっきりと耳に聞こえた。するとどんな希望的な思考や努力も根底からひっくり返してしまうほど圧倒的な絶望感で私を搦《から》めとり、夜ならばもうどうしても二度と眠ることはできなかった。

〈三年余の苦しみがこの絶食期間中に凝縮されて再現してくるのです。痛みと同じで、バタバタせず、静かに受けとめて下さい。心身の力を抜いて、医師にゆだねて下さい。

少し遠回りになるかもしれませんが、感謝の気持を持つことも大事だと思います。周囲の人、物、一椀《ひとわん》のご飯にも感謝すること。それがあなたに好ましいストロークをもたらすでしょう〉(日記の末尾に付記された先生のコメント)

ストローク（撫《な》でる、さする）とは、心療内科の一つの療法として〈交流分析〉について説明された時使われた用語だった。

翌二月三日土曜、六日目の夜――（絶食期間中は先生も休日返上で、朝夕湯河原の自宅と病院を往復された）

「絶食療法も今日で半分終わりましたね。よく頑張っておられます。ところで、夏樹静子をどうするか、結論は出ましたか」

「いえ、まだ。考えてはいますが、重大問題ですからそう軽々には申しあげられません」

私は少くとも年間三篇くらいの短篇と、二年に一作くらいの長篇は、横になっても、這《は》ってでも書きたいなどと思っていた。

「では私の意見を申しましょうか」

「どうぞ」

「心療内科では一つの病気や症状をブラックボックスに見立てる考え方があります。治療ではそこへいろいろな情報を入れてみて、出てくる結果を見るわけです。同じことをやっていても同じ結果しか出てきません」

「ええ」

「あなたにはよほど思い切った決断をしなければ治癒は望めないように思われる。結論からいって、それは夏樹という存在を葬《ほうむ》ることです。夏樹静子のお葬式を出すのですよ」

私が咄嗟《とっさ》に答えられずにいると、彼は優しく付け加えた。

「命には換えられないでしょう？」

そうだ、命には換えられないと、私は反射的に本心から同意した。

「つまりその、休筆ですか」

「休筆といっても中途半端《はんぱ》なものではない。スパッと鮮やかに夏樹を切り捨てて下さい。作家生活への拘《こだわ》りや執着があなたの重しになっているのです。執着があっても実際には書けない。その軋《きし》みがますますあなたを責め苛《さいな》む。作家、作家といったって、書いてナンボのものでしょう。名前や肩書きだけに振り回されて苦しむより、見事に手放してごらんなさい」

「でも……私は発症以来ずっと仕事を減らしてきて、現在ではもう事実上休筆みたいな恰好《かっこう》になっています。今さら夏樹をやめるといったって、大した変化はないのではないでしょうか」

「いや、大ちがいですね。仕事の量ではなく、夏樹の存在を支えることに疲れているのです。あなたの腰や背中が自分を支えられないという、それは実にシンボリックな症状ですね。繰返しいえば、夏樹静子として生きていくことが問題なのです。そのことを放棄するのです」

「それをブラックボックスに入れてみるのですか」

「そうです。身を捨ててこそ浮かぶ瀬もあれ、ともいうでしょう」

「夏樹をすてれば本当に治りますか」

「絶対に治ります」

静かだが、確信に満ちた彼の声が一瞬私の心を明るく照らしたように感じられた。今までにもさまざまな治療者が同じことばを口にしたが、どの時ともちがって聞こえた。私は思わずベッドの上に起き上って、「それだけ断言して頂くとうれしいです」と答えていた。

「では、今日からのちはもう、身体病か心因かなどという議論はいっさい受け付けないことにします。どれほどいわれても、明らかな心身症であるという私の考えには変りありません。それよりも、あなたの人格の七、八十パーセントを占めていた夏樹静子をすてたあと、ポッカリと穴があくと思いますよ。それをどうやって埋めるかをいっしょに考えましょう。

まず、百パーセント出光静子として生きていく覚悟を決めて下さい。心底からそれができた時、あなたは重荷をおろし、本当の安らぎが訪れるのです。大丈夫、きっと元気にしてあげます。あの時筆を捨ててよかったと思う時が必ず来ますよ」

最後は温い微笑を残して彼が退室したあと、私はしばらくぼんやりしていた。

またしても機先を制せられ、先生のペースに乗せられてしまったことに気がついた。一年三つの短篇と二年に一本の長篇などと考えていた自分が甘かった。彼は私の「自分なりの結論」などにはお構いなしに、最初から私に断筆させる心算《つもり》だったのだ。いきなり「彼の結論」を持ち出し、匕首《あいくち》を突きつけるように決断を迫った――。

私はまだ確答はしなかったけれど、しかし――自分の気持が半ば以上彼の判断に傾きかけているのを感じていた。たぶん、彼は正しいのだ。たぶん、たぶん、選択は一つしかないのだろう……。

そういえば福岡整形外科の徳永先生が「一主婦として生きよ」と、良永先生が「執着を断て」と繰返しいわれたことが、今さらのように思い出された。私は右の耳から左の耳へ聞き流していた。それらはあまりにも観念的、精神論的な忠告で、具体的な治療とはほど遠いものに感じられた。しかし、本当に、本当にそんなことだったのか。治癒への道は結局己の内部にあったということなのだろうか……？

絶食療法の二日目から面白いように毎日一キロずつ減っていた体重が、二月四日、七日目の四十一キロで止まった。

「下げ止まりがあるんですよ」と看護婦さんが笑っていた。療法の初期には、依然頑《かたく》なに運動不足による筋肉弱化を恐れ、痛みのない時を見すまして室内を歩き回っていた私も、その是非はさておくとしても、立ちくらみが激しく、歩けばいよいよフラフラして、もっぱらベッドに横になっているほかなかった。毎夕シャワーは必ず浴び、ひそかにそっと歯を磨き、四日に一度くらい、私がカラの浴槽に入って看護婦さんに髪を洗ってもらった。

相変らず、痛みは波状攻撃でやってきた。先生もずっと一日三回訪室して下さる。痛みのない時は素直に先生の話に耳を傾け、一歩一歩、そろそろと導かれていくのが自覚できた。

「振り返ってみれば、発症以来ろくなことはしていませんでした。クタクタになった身体《からだ》を引きずるように仕事を追い続けていました。気持は焦《あせ》りまくっていて、その頃の夏樹静子は今思っても本当にイヤです。

夏樹という荷物をおろしたら、きっと元気になって、生きているだけで、呼吸しているだけでうれしくて、仕事のことなど考えないでしょうね。元気に飽きた頃、仕事を思い出すかもしれませんね」

でも、自分はもう作品を書かないのだ……と、私は幾度となく自分に言い聞かせていた。夏樹静子はこの世から消えて、二度とマスコミに登場することもない。過去の作家となり、やがて人の噂《うわさ》にものぼらなくなるだろう。代りに私は出光静子として生きて、健康と幸福を見つけるのだ、と。

ところが、いったん痛みが起こってくるやいなや、たちまち頭の中はその痛みに攻略され、掌《てのひら》を返したようにまた一変する。ちょっと前までなんとか構築してきた先生への信頼や治癒のイメージが、賽《さい》の河原の石積みが崩れるように跡かたもなく押し流されてしまう。何もかも信じられなくなる。療法への疑問、後悔、恨みがましい気持……。

ことに絶食療法も後半に入り、残り少くなってもなお激痛に見舞われると、騙《だま》されたような憤懣《ふんまん》がストレートに先生に向けられた。

「仕事をやめ夏樹をすてようという決心がついてきているのに、なぜ痛みがとれないのですか」

「夏樹静子との別れは大変な作業なのです。その存在が大きければ大きいほど、それを断ち切るのには大きなエネルギーが必要なのです。身を切られる思い、引き裂かれるつらさが痛みとなって現われるのです」

「療法の後半になれば症状の波もおさまり、療法が終わる頃にはすっかり治るように伺っていましたが、増悪《ぞうあく》するとはどうしてなんでしょうか。本当に私の治療は正しかったのですか」

「まったく同じ症状の患者さんがいるわけではなく、みんなが同じ経過をたどるわけでもありません。絶食が終われば症状が消えるとも限りません。狭い意味での療法はあと四日ですが、その後も治療は続くのです」

「治療はまちがっていたのではないか、自分は治らないのではないかという疑念が雲《うん》霞《か》のように湧《わ》き起こってくるのです」

「雑念は湧くに任せていいのです。そして最後に打ち消して下さい、必ず治るのだと。何度でも賽の河原の石を積み直して下さい。症状がひどく出れば出るほど、療法の効果が大きい場合が多いのです。順調に経過していますよ。安心してついて来て下さい」

私にはどこが順調なのか、少しも納得できない。

絶食療法もついにあと二日となった二月七日夜半、まるで物陰にひそんでいた魔物が突然姿を現わしたように、再び激痛が私に襲いかかり、朝まで続いて一睡もできなかった。

「もう十一日目じゃありませんか。いったいこれはどういうことですか」

朝、先生の顔を見るなり食ってかかった。

「何のための絶食だったのですか。だってそうでしょう、いわれるままに療法に入って、いわれるまま夏樹をすてる決意をして、何もかも先生に従ってきたのに、少しも好転しないじゃありませんか。いつか先生は、作家は本を書いてナンボのものとおっしゃいましたけど、お医者さんだって同じでしょう。いくら立派なご託を並べたって、治してナンボじゃないですか」

どれほど私が地団太踏むように抗議しても、平木先生はいささかも動じない。内心どう思っていたのか知らないが、一瞬たりとも不安や動揺を表に出したことはなかった。

「その通り、医者も治してナンボですよ」

彼はむしろわが意を得たように答えた。

「ほんとにもうこんなにつらい断食までさせられて、ちっともよくならなかったら先生を訴えたいくらいですよ」

さすがに最後は笑いに紛らしていった。

「ああ、いいですよ。ぼくはただ誠心誠意やっているだけです」

彼も苦笑と共に胸を張って押し返した。

「治癒への道は螺旋《らせん》階段を昇るようなものなのです」

しばらくして彼は静かにいった。

「同じ風景が繰返し現われてきて、堂々めぐりをしているように感じながら、確実に治癒への階段を昇っているのです」

第九章 啐啄《そったく》同時

私の入院前、平木先生が五人のスタッフを選んでミーティングを重ねられたことは先に書いたが、その時の資料の中に絶食療法についての解説も挟みこまれている。少し長いが興味深い内容なので、ここに引用させて頂く。

〈絶食療法の歴史と意義

もともと宗教的背景を持つ修行としての断食《だんじき》は、現代になって近代医学的な立場から観察されるようになり、やがてわが国独自の療法として発達した。昭和二十四年以来、東北大学産婦人科が治療法に取り上げ、絶食療法という名を与えた。その後、東北大学の心療内科に受け継がれ、肝庇護《ひご》、補液、絶食期間の短縮などの改良が加えられ、いわゆる東北大学方式絶食療法として定着した。昭和五十五年、日本絶食療法学会が発足している。

一般に心身症は身体、感覚、感情、思考、行動、環境などの諸要因が複雑に絡《から》みあい、相互に影響を及ぼす形で病的な恒常性《ホメオスターシス》（病的なバランス）を維持していると考えられる。それゆえ治療はこれらの各要因に、個別的でなく、同時に働きかけうるものが理想的である。

絶食療法は比較的短期間に、生体に急激なストレスを負荷し、病的なホメオスターシスを揺さぶり、自己調整機能＝自然治癒力の強力な発動を得て、生体をより健康なホメオスターシスの再統合へと向かわせるものである。

奏効のメカニズム

身体的には、カロリー、電解質の外部からの補給が断たれるため、生体のエネルギー源は糖質から体内蓄積脂肪に転換せざるをえなくなる。急激な代謝面の変化が絶食導入の早期から誘発される。血糖は低下し、肝グリコーゲンは二、三日以内に消費しつくされるともいわれ、血中脂質やケトン体（体の脂肪組織が分解し、肝臓で変化したもの）が高値を維持する。

脳組織もまた、その代謝エネルギーを糖質からケトン体に転換せざるをえなくなり、脳内の代謝過程の変調が生じてくる。すると同時期に脳波はα波の増加、徐波化などの変化を生じ、自律神経機能、内分泌《ないぶんぴ》機能にも広範な変調をきたす。

このような身体変化と平行して、依存性、被暗示性が高まると経験的にいわれている微妙な意識の変容状態（ASC, Altered State of Consciousness）が生じ、これまで病態になかば固着され、融通性を欠いていた意識は、微妙に柔軟性のある視点を抱くことが可能となるのである。〉（参考文献・鈴木仁一「心身症の最近の治療方法」〈心身医学〉日本心身医学会・一九八七年ＶＯＬ．27№.2）

絶食期間中の毎日私が受けていた点滴には、ほとんどすべての栄養素が含まれていたが、糖質だけが除かれていたと聞く。ごく簡単にいえば、糖分を供給しないと、脳は代りに脂肪を燃やすようになり、（それは尿中にケトン体が発生することでわかる）すると素直で柔軟な脳に変る、と私は理解している。

「あなたみたいに思い込みが強く、心身相関の認識もうすく、一般的な説明、説得ではとても受けつけないような人には、その凝り固まった頭を柔軟にして、他人の話に素直に耳を傾けさせるために絶食療法しかないと考えていました」

十二日間の療法の終わり近くになって、私も直接先生の口からそのメカニズムを教えて頂いた。

「頑固者には絶食を、ですか」

とにかく私は絶食期間を無事終えることができた。最終日二月九日金曜の日記に、全体を振り返って私はまず書いた。

〈療法に入る前は空腹と退屈に耐えればいいのかと思っていたが、激痛が隔日くらいに襲ってきて、とんでもない驚きだった。〉

後々、何が一番つらかったですかと人に問われるたびに、やはり私はまずそれを思い出す。「主訴の激化」といわれたあの昼夜荒れ狂った嵐《あらし》のような腰痛はいったいどこから現われたものだろう？　皮肉なことに、その分だけ空腹や情報カットの苦痛は減殺《げんさい》されたともいえる。それどころではなかったのだ。

先生のコメント
〈つらい日々だったと思いますが、いつの日か、人生の中で得がたい有意義な日々であったと思っていただく時が来ると信じます。〉

絶食のあとには五日の復食期間がある。一日目はおも湯一〇〇ccと梅干一個、二日目は三分粥《がゆ》と牛乳、すまし汁、三日目は五分粥になり、四日目は全粥とお菜がつき、五日目は普通食の半量、そして翌日から普通食に戻る。

それにつれて数々の行動制限も解除になり、入浴、短時間のテレビ、読書、院内を歩くこと、電話といった順に少しずつ許され、家族の面会、散歩、新聞が入り、一般の方の面会も許可になって、制限は全面解除となる。

司馬遼太郎《りょうたろう》さんが二月十二日に急逝された。先生からそのニュースを聞いて、特別に新聞を見せてもらった。司馬さんの記事を、そして隅から隅まで舐《な》めるように読んだ。

復食期間が終ったところで絶食療法は一通り終了したことになるのだが、私の「つらい日々」はまだ終ったわけではなかった。依然として激痛の波は押し寄せてきたし、終日鈍痛が続くこともある。絶食中はほとんどベッドに横になっていただけに、復食が始まって椅子《いす》に掛けてみると、いよいよそれは恐ろしい苦行に感じられ、五分か十分で終わらせてまたベッドへ逃げこんだ。治ったという実感などほとんどなかった。とりわけ執拗《しつよう》な痛みにつきまとわれると、私は失望落胆し、むくむくと不信が頭をもたげ、そのつど先生を詰《なじ》った。

「これでは入院前と同じじゃありませんか。絶食してどんな変化があったというのですか」

「私はまったく無意味な療法を強いられ、苦しい思いをしただけではなかったのですか」

「先生はいつか、要は治ればいい、理屈はあとでつければいいとおっしゃったではありませんか」

どれほど私が悲憤慷慨《ひふんこうがい》しても、彼はやはり微動だにしなかった。本音はいざ知らず、その事実には脱帽というほかはない。そしてこれは実は私の大きな心の支えになった。もしほんの少しでも彼が自信のない様子を見せでもしたら、私は谷底に突き落とされるような思いを味わったことだろう。

「絶食療法の目的の第一は意識の変革です。病気の根元である夏樹を手放すことは、絶食という状態でなければとてもこう短時間に結論は出なかったと思います。その点では療法は成功だったと考えています」

彼は繰返し、根気よく説き続けた。

「治癒への第一歩は病気のカラクリをよく理解することです。病気の本態は筋肉弱化ではなく、疾病逃避《しっぺい》であること。その解決には夏樹静子との別離が必要であること。そして出光静子として有意義に生きること。絶食して柔軟になったあなたの脳は、それを受け容《い》れたのではありませんか」

そういわれてみれば、その点だけは認めざるを得ない気がした。私はあれほど拒み続けた「心因」を受け容れたではないか？　どんなに彼を責めているようでも、心の中では彼のいうことが結局は正論なのだと感じられた。

「疾病逃避による症状として、腰や背中の痛みや異常、倦怠感《けんたいかん》などが発生した。それに対する適切な治療ができないまま、症状は遷延《せんえん》し、条件付けられ、固定し、自動化していったのです。心の底に〈坐《すわ》れない〉〈痛くなる〉などの悪いメッセージが植えつけられ、そのために椅子に坐ると条件反射のように症状が出現するのです」

「悪い条件付けは取り除くことができます。その方法が、症状から逃げず、ありのままに受け止めるということです。絶食療法中、いっさいの情報を断ち、なるべく注射も打たず、ほかに紛れようのない状態で痛みに耐えさせたのは、その姿勢を身につけてもらうためでもあったのです。症状を一足とびに消そうとしても無理です。まず共存するすべを体得する。そのつぎに症状が消えるのです」

お話の内容もさりながら、平木先生のことば選びの的確さ、時たまとび出すひどく下世話な表現なども、私には快い刺激となった。省みて思うに、内科や外科の名医が適切な薬を選び、正確にメスを入れるように、心のドクターはことばを最大の手段として患者を治癒へと導くのであろう。

「筋肉を鍛えるために運動する、という考えをきっぱりすてて下さい。運動が悪いのではない。ただ筋肉強化と思って行うことは腰への意識集中を増強し、それがまた症状を増幅するのです」

自律訓練は一日三回行うよう指示されていたが、公式が一つ加えられた。「私の筋肉は普通なのだ」と頭の中で繰返すこと。

「あるがまま、が森田療法の極意です。平常心でなくてもいいのです。不安なら不安のまま、怖いなら怖いまま、イヤならイヤのまま椅子に掛けて食事をとる。終わるまでは痛くても掛けているという気持で。終ったら、ああ、痛かった、イヤだったというのではなく、痛かったけど掛けられたと自分を評価してやって下さい」

「三年間の苦しみは記憶としては残るでしょうが、それに束縛される必要はありません。あの時できなかったから今度もできないだろう、坐っていられないだろう、疲れるだろうというふうに、過去を基準にした考え方をやめましょう。今からは新しい生活が始まるのです。やれればよし、やれなければ再チャレンジする、それでいいのです」

私はやはり螺《ら》旋《せん》階段を昇っていたのだった。痛みは依然として波状的に襲ってはきたが、その波が少しずつ間遠になっていることが認められた。以前にはほぼ隔日に来ていたものが、二十四時間か三十六時間くらい穏やかな時間が続き、十時間くらい痛んで退《ひ》いていくといったパターンに変った。痛みの程度もやわらいでいた。

明日からいよいよ普通食に戻るという復食五日目の二月十四日朝、いつもの通り九時前に訪室された先生を私はベッドの上に正坐《せいざ》して迎えた。復食期に入ってから、なんとなくそういう習慣がついていた。が、ベッドの上には脇息《きようそく》などないから、正坐は五分と保てず、すぐに片手をついて、またすぐに横になってしまうのが常だった。

ところがその朝、なぜか私は坐ったまま先生と話し続けた。十分か十五分の間だったが、何か不思議なことが起こったみたいだった。先生の視線もそれに気づいていたが、どちらからもなんとなくそのことに触れなかった。

以来、私は牛乳一本、あるいはお茶一杯を、ベッドの上に正坐して飲むことにした。同じ日の夕方、先生はやや改まった面持でベッドサイドの椅子に腰をおろした。

「夏樹静子のお葬式を出さなければなりませんね。いつがいいですか」

私は虚をつかれたように絶句した。確かに絶食期間中にそのことを承諾し、本心から納得したつもりでいた。以来何度となく自分に言い聞かせた。私はもう書かない。夏樹静子を葬《ほうむ》り、出光静子としての充足と生甲斐《いきがい》を見つけるのだ……。

しかし——本当の心の底では、いまひとつ現実として受け止めていなかったのかもしれない。まだきっちりと覚悟が定まっていたわけではないのだった。それが証拠に、私は明らかにうろたえていた。

「ちょっと待ってください。もう少し、心の準備が……いったん葬ってしまったら、二度とまみえることはできないから……」

私はふいに胸が詰まり、涙がこみあげてことばを途切らせた。

私を見守る先生の眸《ひとみ》の奥に、はじめてかすかな迷いの色がかすめたかに感じられた。

それは瞬時のことで、彼の口許《くちもと》に微笑がのぼり、語調が軽やかに変った。

「ぼくにも夢があるのですよ。あなたが元気になって、また素晴らしい作品を書いてくれたら楽しいなという……」

「………」

「葬式と入院と、どちらがいいですか」

「それは入院のほうが……入院ならまた会えますから」

「では、入院でやってみましょうか」

「はい！」

「夏樹静子を入院させたまま、あなたは出光静子として退院する。入院期間はとりあえず一年。ただしその間は外出外泊いっさい禁止、厳重な鍵《かぎ》をかけた部屋にあずかりますよ。夏樹としてのすべての活動を停止するのです。出光静子としてしっかりと生きる姿勢を固めて下さい」

「わかりました。必ず」

彼が退室したあと、私は大きく息をついて枕《まくら》に顔を沈めた。「罪一等を減ず」といったことばが頭に浮かんだ。命拾いしたと感じた。本当に、私の分身であった小さな生きものが今にも息を止めかけて、危うくも死の淵《ふち》からわが手に帰ってきたような、安堵《あんど》としかいいようのない温い感情が胸にあふれて、私はとめどなく涙を流し続けた。

普通食に戻った日から、私はベッドをおりて短時間でも動き回るようにした。痛みは時々出没していたが、痛みを抱えたまま、痛みと共存するという気持で行動するように努めた。

室外へ出る許可がおりたので、一階まで階段を下って入院費の支払いに行った。少しずつでも食事が始まっていたためか、思いのほか足許がふらつくようなこともなかった。夕方屋上へ出て、ほぼ二十日ぶりに相模湾の潮風に吹かれた。夕食にはお寿司《すし》の出前を頼んでもらった。絶食期間中痛みのない時間にはやはり空腹を覚え、なぜか日頃はとくべつ大好物というわけでもない食物にも欲求を覚えたものだ。ガーリックトースト、いくら、フォアグラ、辛子《からし》をたっぷりつけた餃子《ぎょうざ》など。妊娠中、食物の好みが変るのとどこか似通っていた。

電話も解禁になると、夫と子供たち、親しい友だちや編集者などへつぎつぎと掛けた。仕事のことは「一年間全面休筆」という表現をした。

家族はもとより、編集者の方たちも、その決断にみんな例外なく賛成してくれた。「(素人《しろうと》ながら)療法もきっと正しいと思うし、休筆も賢明な選択だと思う」と、みなに温く支持されたようでうれしかった。私自身にもようやく現実的な決心が定まってきた。

二月十七日日曜には家族との面会が許され、東京から二人の子供たちと嫂《あによめ》が訪れた。私が脇息なしで正坐していられる時間は日に日に長くなって、四十分くらいもベッドの上に坐って喋《しゃべ》っていたので、それだけでみんな目を疑った。

二月十九日のカルテ
〈朝、比較的元気な様子。

「眠剤なしでよく眠れます」

「鈍痛はずっとあるのですが、なんでもできます」

「脇息はふっと呪文《じゅもん》が解けたみたいに不用となったのです」

椅子に掛ける抵抗感のみ残存。不合理だとは自分でもわかりかけているらしい。

心理テスト(2／17実施)

うつ状態は完全に解消されている。ego-gram の上でもACの上昇が見られ、NPも上昇し、より好ましい人格へと変化を見せ始めている。

AC＝協調性　NP＝（人に対する）愛情、優しさ〉

激痛はもう現われなくなった。痛みの波は小さくなりながらも執拗に寄せたり退いたりした。そのたびに私の心も浮いたり沈んだりする。正坐や横坐りの持続時間は面白いように延長され、一時間以上も畳に坐って読書できるまでになった。椅子だけがいつまでも苦痛で、三十分くらいが限度だった。

入院前には全身を不気味に蔽《おお》い包んでいるかに感じられた倦怠感も、その頃とは比べものにならないほど軽減してはいたが、やはりしばらく動いたり、坐ったりしたあとでは横にならずにはいられない。病院ではいわばベッドをベースキャンプにしているような毎日だが、ふつうの日常生活にはどの程度耐えられるのか、まだ自信がなかった。

二月二十一日のカルテ

〈弱気の虫が顔を出す。元のモクアミになりはしないかと心配。

痛みのない自分——受容。
痛みのある自分——病人として排除
ではなく、共に自分の姿であることに気づき、症状を受け入れることを説得。〉

二月二十二日のカルテ
〈まだ症状にふり回されていることを指摘。症状本位の生活をやめる。
「症状を持ったまま治る」
「治らずして治る」が第一目標であると説明。〉

二月二十三日
「最近気になっているのはあなたの、せっかちという性格ですね。この性格は一方では活発、迅速に仕事ができるなどの良い面もありますが、思うようにいかないとすぐがっかりしたり、焦《あせ》ったり、苛立《いらだ》ったりするマイナス面も大きいのです」
「ご指摘の通り、せっかちは私の悪い癖だと思います。何でもつい急いでしまいますし、たえず向上していないと気がすまないような……」
「これは人生観の問題でもあるわけで、ゆったりとした時間の中にも幸せがあることを見出《みいだ》していかなければなりませんね。そのすごい早口、早書きなどに注意しながら、自律訓練も応用して下さい。

病気に対しても、日々よくなっていかないと焦るという心のあり方が、かえって回復の足を引っぱっているのですよ」

二月二十六日月曜から一般の方の面会も解禁になり、毎日のように編集者が二、三人ずつ訪れて下さった。私はたいていベッドの上に坐《すわ》って話をした。看護婦さんに露天風呂《ぶろ》に入らせてくれる旅館を教えてもらったので、希望の方とはいっしょに出掛けた。干物やワカメを乾かしている海岸通りを三、四百メートル歩いて旅館へ行き、波打際《ぎわ》に張り出した露天風呂に浸《つ》かる。夕暮れには岬の灯火が瞬《また》いて見える。東京の人は温泉が好きで、私は何回も付合った。休筆しようとする作家をみんな心優しく受容《い》れてくれて、久しぶりの会話が楽しかった。司馬遼太郎さんに始まって作家の訃報《ふほう》が相つぎ、「もう、生きててくれればいいですよ。仕事は何年でも待ちますよ」と、デビュー以来の付合いの編集者にいわれた時は、しみじみ生きていてよかったと思った。

碁敵の編集者と和室で対局に及び、熱戦になって痛みを忘れてしまったこともあった。

といっても、まだ痛みがすっかり消えたわけではなく、しばしば疲れや倦怠感《けんたいかん》に襲われ、一日何回もベッドで休んだ。

それだけに、二月二十八日の夕方——

「明日から、終日起きて、一回も横にならずに生活してみなさい」と先生にいわれた時にはひどい戸惑いを覚えた。まだなにぶんにも何分坐れたかを問題にしている段階で、歩いたりお風呂に入ることはできても、行動の合間合間にベッドへ戻って疲れを休めていたのだ。先生にいわれた途端から腰が怠痛《だるいた》くなる始末で、到底絶対に無理だと思われてきた。

その夜の私の日記

〈ムリと思ってしまうからムリなのだといわれるかもしれないが、それはまるで今日まで一メートルのバーをやっと跳んでいたハイジャンプの選手に、いきなりバーを二メートルに上げて跳べというに等しいもので（中略）先生が、原因は何であれ、私の現在の現実の症状をあまりにも軽く受取っていらっしゃるのではないかという口惜《くや》しさと苛立ちすら覚えた。朝から夜まで、掛けるか、坐るか、立つか、動くかで過ごせるなら全快も同然であり、それができるくらいなら、私は明日退院して明後日《あさって》から原稿を書きますヨ。（最後に）まあ、でも試しに明日の朝からやってはみますが。〉

先生のコメント

（私の「症状」の横に〈十分わかっているつもりですヨ〉と書き込みがあり）

〈しぶしぶながらでもけっこうです。まずやってみることです。必死の覚悟でやるのでなく、あくまで自然体でやってみて下さい。〉

翌二十九日朝のカルテ

〈前日の「明日から終日起きて生活してみなさい」という指導に猛然と反発した日記。朝訪室すると「少し書きすぎました」と照れ笑いあり。

日記によれば、入院前は一日の中七十〜八十パーセント、ヨコになっていた状態。つい二週間前まで復食期間で終日寝ており、この数日やっとしばらく坐っていられるようになった。

終日起きているということを、想像を絶する行為と受けとめているようだ。〉

さてその翌日——

八時四十五分に起床した私は、「いよいよ今日から起きたがさいご横になれないことになってしまった」と肝に銘じつつ、恐る恐る行動を始めたが、まず幸いなことにほとんど痛みが出なかった。その夜書いた日記。

〈朝食後、散歩は二十分ほどに留め、日本間で新聞を読んだり、本を読んだり、疲れかけると立ってお花の水を替えたり、とにかく一つことをあまり長く続けないようにコントロールして……食事はイス。二時に女性編集者が三人来訪。一時間半くらい、私はベッドの上に坐ったり片膝《かたひざ》を立てたりしていたが、決してヨコにはならず……いっしょに海岸を散歩して駅まで送って帰院、六時。さすがに少し疲れたので、夕食の前にお風呂でゆっくり温まり……いろいろ姿勢を変えながら七～八時のテレビニュースを視《み》た。もう一度お風呂に入って、九時前、そろそろこのへんでいいのではないかと……かくして今日はほぼ一日（三回の自律訓練を除き）一回も頭を枕につけずに、しかもさほどしんどくも痛くもなく、過ごせたのであります。

とうてい無理そうに見えることでも、やってみればオケハザマの如《ごと》き勝ち目もあるのですネ。やはり大きな自信になりました。昨日はあんなに書きましたが、先生のご指導に深甚《しんじん》の敬意を表します。〉

翌朝、先生に結果を報告して、日記を渡すと、この時ばかりは彼も心底晴れやかな笑顔だったように私には感じられた。

この日を境にして、カルテには〈明るく元気〉〈経過順調〉といった文字が見られるようになり、私の日記にも先生への素直な感謝のことばが多くなった。

退院後、私の質問への回答のお手紙。

〈入院期間中を振返ってみてもっとも印象深かったのは、「不安のままに一日体を横たえずに生活してみなさい」と指導し、それを実践された日のことです。

「啐啄《そったく》同時」という禅の言葉があります。ヒナが孵《かえ》る時、ヒナが内からカラをつつくのと、親鳥が外からつつくのとは、正に機が熟したとき、同時でなければうまく孵らないことにたとえて、急にあるきっかけから悟ることを啐啄同時といっていますが、どのようなことを目安に行動をうながしたかと尋ねられても、治癒の過程の中で必然的にある一点に収斂《しゅうれん》され、「ここだ!!」という時機が経験的に判《わか》るとしか答えようがありません。あの日を境に、「これで治られる」という確信をもちました。〉

三月一日に家族が呼ばれ、夫と娘と息子が私の部屋に集まった。先生から入院中の経過説明と、一年間休筆にみんな協力してほしいといったお話があった。入院前より別人のように元気になったというのが三人の一致した感想だった。

二日の午後には森村誠一さんがお見舞いに来て下さった。熱海のマンションへ来たついでに足を延ばした、といわれた。私は彼に椅子《いす》を勧め、たまたまこちら側に残った柔らかいほうの椅子に自分が腰掛けて対坐《たいざ》した。たちまち小説談義が盛りあがって、私たちは途切れもなく語りあった。彼が「そろそろ――」といって立たれた時、一時間半が経過していた。

私は森村さんへも感謝を捧《ささ》げたい。苦しんでいた間温く励まし続けて下さった上、この日彼は期せずしてまた一つの啐啄同時を具現して下さったのだった。彼が辞去されたあとで、私はほとんど陶然と足許《あしもと》の椅子を眺めていた。

ああ、私は椅子にも掛けられるのだ……。

この時はじめて、私はこの素朴な事柄を感動的に信じることができた。

翌週も毎日編集者が来訪され、美容師さんの友だちが髪を切りに来てくれる。名古屋からも懐《なつ》かしい方々が顔を見せて下さった。お客さんがたてこむと、私は張り切って椅子を借りに行き、私も腰掛けて二時間でも三時間でも喋《しゃべ》った。三年間回復の兆《きざ》しもなかった私の、わずか二カ月間の激変を、みんな少し不思議そうな面持で祝福してくれた。

この頃には先生と、退院後の出光静子の暮し方を話しあった。勧められて日課表を作ってみたが、以前には「仕事」で埋められていた昼間の時間をどう過ごすかがむずかしい。読書ばかりでは「夏樹」の意識がたちまち頭をもたげてきそうだ。

「こんな機会に今までやりたくてもやれなかったことをしてみたらどうですか。陶芸とか、園芸とか。有意義に生きるとは、何もとりたてて立派なことをするだけではないのです。あなたのような完全主義者は、ガラス一枚をきれいに拭《ふ》き上げることで意外な充足感が得られたりしますよ」

「読書にしても、これまであまり縁のなかった星の本とか宇宙の本とか、料理の本とか。宇宙の話など読んでいると、自分の悩みなんていかに小さなものかわかりますよ」

出光静子が小説を書いてみてはどうか、などという悪い編集者もいたが、とにかく夏樹をすっかり眠らせて、百パーセント出光静子の人格で生き、その目でものを見、思考し、充足すること。私は懸命に、真剣にその生活をイメージしようとしていた。

退院は三月九日土曜と決められた。私には少し早すぎるような、まだ心細い気がして、先生にも病院にも名残り惜しかったが、不安なまま、自信のないままに出発させることが彼の信念なのだと、すでにわかっていた。

三月八日夜の日記

〈胸がいっぱいでとても感謝の気持は書き尽くせません。私は今、腰が痛くなくて呼吸している。イスに平気で掛けていられるというだけで、天にものぼるほどうれしいのです。心身医学、心療内科の治療として、私はどこへ行ってもこれ以上は望めないということをして頂いたと思っております。ナースの皆さまにも本当によくして頂きました。ありがとうございました。

入院続行の夏樹静子のこと、なにとぞよろしく。〉

先生のコメント

〈ごく平凡な状態を手に入れるために、大変なご苦労をなさったわけですが、そのために健康の有難さを十分に感じられたでしょうし、我が身のつらさを通して他人《ひと》の痛み（心の痛みも含めて）も共感できる人間に成長されたことと思います。

私は心身医学は患者さんと医師との人間的ふれ合い、共感なくしては成り立たないと考えています。いい出合いが出来たことに感謝します。お元気で!!〉

三月九日は私の父の命日だった。

退院には娘と息子が東京から車で迎えに来てくれた。編集者も一人顔を見せて下さった。四人で車に乗り、熱海で降りて干物を買った。編集者と別れたあと、熱海から東京まで、私はどんな姿勢で後部シートに乗っていたか、なぜか今どうしても思い出すことができない。だが、翌日、飛行機を一席取り、きちんと腰掛けて福岡まで飛んだことは確かだった。

あとがき

「奥さま、お元気になられたそうですね」

知人から声をかけられると、夫は決まって答える。

「いやあ、こいつは三年間仮病を使っていたのですよ」

私は黙って笑っているが、もしあれを仮病というなら、死に至る仮病だったのだと心の中で考えている。

退院から一年が過ぎた。夏樹静子も無事退院し、活動を許された。この一年間、出光静子がどうしていたかといえば、陶芸も園芸もガラス拭《ふ》きもせず、五回の海外旅行と何回かの国内旅行で三年間の憂《う》さを晴らした。時々漠たる不安に襲われたり、心身のユレに見舞われることもあったが、旅するごとに意識のとらわれが外れ、真の健康へと解き放たれていくように感じられた。

自分が心身症に罹《かか》っていたということが、いまだに信じられないような気がする時もある。しかし、三年間の苦しいワンダーリングの末に、指一本触れられずに完治に至ったという事実が明らかにそれを証しているので、疑いの余地はない。

この経験から何を学んだかと問われれば、私はまず二つのことを頭に浮かべる。

いわゆる心身相関、心と身体《からだ》がいかに密接に関わっているか。

いまひとつは、人間の中には自分の知らない自分が潜んでいて、その自分（潜在意識）が人間全体を支配することもあるということ。

それに気づかされるまでに私は三年かかったわけで、最も自分として認めにくかった自分を認めた瞬間から、治癒が始まったのではないだろうか。

収穫はいろいろあって、たくさんの方々のやさしさにふれ、価値観や人生観の多様さを知り、何よりも己の無知、弱さ未熟さをいやというほど悟らされたお蔭《かげ》で、私は以前より自分の思いこみに固執せず人さまの話に素直に耳を傾ける人間に変ったように思われる。発症後まもない頃、私は「幸せな刑罰」というエッセイを書いたことがあったが、きっと日がたつにつれて、三年間の経験を心底そのように考えて感謝する気持になれるだろう。

最近、造園設計家に面白い川の話を聞いた。

川の水には表流水と底滞水があり、表流水が速くて元気がいいほど、底滞水は停滞し、微生物が湧《わ》いて底質が悪くなりやすい。一方、自ら攪拌《かくはん》する川というのもあって、それは底質が劣化することはないという。

人間も表流水ばかりに気をとられないで、時には自分の川底をひっくり返して攪拌しなければいけないのかもしれない。

まだ軽快の曙光《しょこう》も見えない頃から、私は自分の闘病体験を記録していたが、その後幸いにして回復の記録も加筆することができた。自らのことをこんなに長く書いたのははじめてで、それを公表するのはとても恥ずかしく、強い抵抗を覚えたが、もしどなたかの、何ほどかのお役に立てればと願い、出版に踏み切った。幾度も私を励まして書き継がせ、刊行の運びをして下さった文藝春秋文藝企画部長岡崎正隆氏に改めて謝意を表したい。

また、文中失礼な表現があったかもしれないが、検査や治療、助言を頂いた先生方、ナースのみなさま、いつも温い思いやりを示して下さった編集者、友人、お手伝いさんなど大ぜいの方々、そして長い年月私を支えてくれた夫や子供たちに、この場を借りて厚く御礼申上げます。

一九九七年四月

幸福の扉――文庫版のためのあとがき

（文春文庫出版に際して・二〇〇〇年二月）

単行本の「あとがき」を書いた日から、早くも三年近い月日が流れ、今年は文庫出版の運びとなった。

この本が発売された当初、私が何より吃驚《びっくり》したのは、たびたび書評に取りあげられ、たくさんのお便りが舞いこみ、予想外の反響を頂いたことだった。

それまで私は、読者は退屈されるにちがいないと半分恐縮していた。私は自らの記録として、ひたすら正直に、愚直なほどありのままに書いたわけだが、読者がそんなものに興味をひかれるはずはないとあきらめていた。

ところが、本が出て以後、人に会うたびに、開口一番ほとんど例外なく「（悪いけど）面白かった！」といわれた。今まで私が書いたどの小説より面白かったなどという、こちらにはあんまり面白くない感想もあったものの、結局これがまったくフィクションを混じえない、一行一句ほんとの話だったからだろうかと、思い至った。それから、かつての私と同様、原因不明の激しい苦痛を抱えて生きていらっしゃる方が世の中にはどれほど多いかを知らされた。

今度文庫のゲラを改めて読み返してみて、自分が突然得体の知れぬ恐ろしい敵（？）に襲いかかられ、苦しみ悶《もだ》え、絶望しながらも手探りで闘い続け、長い間かかってついに克服した（勿論《もちろん》多くの方の助けを借りて）ことは、私のこれまでの人生の中でただ一つの確かな経験であったような気がしてきた。

この三年間、見知らぬ読者からのお手紙は途切れなく続き、今では二百五十通をこえている。内容はさまざまだが、主にご自身やご家族についての相談が多く、主治医の連絡先を教えてほしいというものも多数あって、先生のご諒解《りょうかい》を得た上で、お知らせした。その結果、先生や病院側に一時期大変な思いをおさせしたようで、申訳なくお詫《わ》びしたい。

私の経験についての講演やインタビューの依頼もかなりあり、日頃なるべく講演などを辞退している私も、原則としてお引受けした。これまで私は、心身医学全般にあまりにも無知無関心だったので、その償いの気持と、まだ歴史が浅く、必ずしも社会に充分周知されているとはいえない心療内科に対し、私が受けた多大の恩恵の万分の一でもお報いできればと願ったからでもあった。

読者のお便りにも、全部お返事を出した。〈（器質的疾患がないのなら）必ず治られると信じます〉と私は自身を顧みて本心から書いた。一個人の体験がいささかでも人さまの参考になるかもしれないと思えることは幸せである。

気のせいか、私の回復の前後くらいから、「心身症」とか、「心療内科」といった用語がしばしばマスコミに浮上し始めたように感じられ、テレビドラマのシリーズに登場したりした。「精神衛生」「こころの時代」などのことばもう耳に慣れ親しんでいるが、いよいよ世界中が超ハイテクノロジーに支配される激変の世紀に突入して、これからこそ、それらが真に深い意味を持ってくるのではないだろうか。

思い返せば、この本の第一章から第四章を書いていた間、私はまだ出口も見えないトンネルの中にいた。文藝春秋の岡崎正隆さんに勧められ、とにかくありのままを記録しておこうという気持で始めた。一つには、書くことで苦痛を客観視し、それによって自分が多少でも楽になれるのではないかとの願いもあった。が、編集者の岡崎さんとしては、書き終えれば私がまだ治らないうちでも本にしたい意向のようだった。

それでも読者の何がしかの参考になるだろうと彼は考えておられた。
ところが、たまたまそれを聞いた私の夫が、珍しく強硬に反対した。治ってから出してこそ価値があるのだ、と。私は夫の意見に従い、岡崎さんも快く諒承して下さった。

今にしてみると、最悪の状態の中で書くように勧めて頂いたことも幸いだったし、治るまで出版を待ったこともやはりよかったと思われる。治ったあとでは、先の見えない真暗な絶望感はもう書けなかっただろうし、このような形で治ってみなければ、人間の身体《からだ》と心の言い知れぬ不思議に思い至るすべもなかったのだ。

最後に私個人のことに触れさせていただくと、お蔭様《かげさま》で退院後の四年間、大変元気で過ごすことができた。単行本の出版直後、森村誠一さんに、「これを書いた以上、あなたには一つの責任が生じたのですよ。再発しないという責任です。これを読んで力を得た人は、あなたがまた病気になったら落胆するでしょう」といわれたことが印象に残っているが、その点だけは、少くとも今のところクリアできているわけだ。

退院一年後の単行本の「あとがき」の中で私は、〈きっと日がたつにつれて、三年間の経験を心底感謝する気持になれるだろう〉と記しているが、今こそ本当にその気持になっている。自分は望んでも得られないような貴重な体験をさせてもらった。つらかったけれど、まちがいなく、出会ったほうがいい出来事だった。あれはたぶん神さまから未熟な人間の私への贈りものだったのだ、と。

単行本をお送りした河合隼雄先生からもお手紙をいただいた。

〈あなたの体験されたことは、creative illness の典型だと思います。この病の意味は、今後お書きになる作品のなかで、だんだんと明らかになってくることでしょう。ともかく「大きな世界」が開かれるためには、必要だったことと思います〉

私にはまだ、自分がどこか変った、という程度にしか実感できないが、新しい自分に忠実に生きていけば、これからもまた少しずつ望ましい方向へ変り続けていけるのではないだろうか。

もう一つ、このことだけは信じられる気がする。

人間には、自分が知っていると思うことの、何百倍も、何万倍も、知らないことのほうが多いのだ。

だから、たとえ最悪の不幸と感じられるようなことに遭遇しても、実はその時自分の前には幸福の扉が開かれつつあるのかもしれない。

そしてどんな時も、そういう形の希望を抱くことは、そのこと自体が苦しみからの解放に手をかしてくれるだろう——と。

グリーン碁石について、多数のお問合せを頂いた。

グリーン碁石囲碁大会は、毎年五月第三日曜に日本棋院で開催され、二〇一一年で第二十回を数えて、ひとまず終了した。

グリーン碁石は通信販売などで購入可能（文庫編集部）。

本質推理小説

関川夏央

『腰痛放浪記 椅子がこわい』の親本が刊行されたのは一九九七年初夏である。初読したときの驚きはいまだ忘れがたい。

作家夏樹静子の名は承知していた。当方の思いこみかも知れないが、月ごとに新作が新聞広告に出る多産な作家という印象があった。私は推理小説に興味を喪《うしな》って久しかったから、普段ならそのままやりすごすところなのに、「奇妙」といえるタイトルにひかれてページをひらいた。そしてそのまま最後まで読み終えた。巻《かん》を措《お》くあたわざるとはまさにこのことであった。これはひとごとではない。読者はみなそう思うだろう。

こわい話である。

腰痛ぐらいで何がこわいのか。そうではない。腰痛だからこわいのである。

それは著者が五十四歳になって一箇月後、突然はじまった。このときはまだ痛みではなかった。腰がたよりない。だるい。つらい。椅子に継続してすわっていられない。そんなふうであった。

しかし症状は短期間のうちに機関車のように驀進《ばくしん》した。「全身が異常に怠《だる》く」「とくに腰から背中にかけて、鉄の甲羅でも貼《は》り付けられたよう」で、椅子にすわるどころではない。椅子そのものがもはや恐怖の対象であった。正座はできない。立っているのもつらい。痛みをこらえて歩く。途中、休むつもりで立ちどまればもっと痛む。要するに存在自体が痛いのである。

やむを得ず外出するときには、財布のコインをすべて除く。その財布もやめる。バッグに紙幣をむき出しに入れる。一グラムでも軽くしたいのである。自宅でスプーンを選ぼうとして無意識のうちに小ぶりで軽そうなものを手にしているのに気づいたときは、われながら愕然《がくぜん》とした。

病院ではいくら探しても器質的疾患は見つからない。ある整形外科医に、運動不足による筋肉劣化ではないかといわれて、「ほとんど爽快《そうかい》なまでの納得感」を持ったのは、思い当たるところがあったからである。すでに二十四年も座業をつづけていた。平均すると一日に七、八時間は椅子にすわって原稿を書いていた。仕事に追われるときはそれが十三時間にもおよぶ。筋肉が衰えるのも無理はない。

腰を支える筋肉を鍛え直せば腰痛は癒《い》えるはず、と考えるのは筋道である。著者は熱心に、ときに過剰に熱心にプールにかよった。生得の目標達成への強い意欲が、水中歩行の単調さを耐えさせた。

筋肉はついた。なのに痛みは去らない。つのるばかりだ。「朝、門まで新聞を取りに行ったら」もう全身が脱力する。尋常な腰痛ではないのである。

著者の治療遍歴がはじまった。鍼灸《しんきゆう》療法を手はじめに、低周波がよいと聞けば試した。手かざしもした。気功、足裏マッサージ、カイロプラクティック、赤外線照射、野菜スープ、温熱療法、体内電気のアースや尾骶骨《びていこつ》治療などという民間療法から果ては霊の供養《くよう》まで、三、四十箇所は行った。霊は建礼門院に関係があるといわれた。

世に腰痛で苦しんだことがある人は数限りなく、従ってその療法も数限りない。著者は、「何かにぶつかって劇的に治る」パターンをもとめて、「人に勧められることはほとんど何でも試してみずにはいられなかった」のである。

この苦しみの遍歴中も夏樹静子は作品を書きつづけた。腹這《はらば》いになって書き、傾斜のついた設計用図面台に向かって立って書いた。つらいが仕方がない。ミステリーの賞の選考会にも出た。移動は、タクシーだろうが飛行機だろうがシートに横たわった。睡眠導入剤の使用量は増し、ときに抗鬱《こううつ》剤を服用した。

夏樹静子は自らの治療遍歴を「ワンダリング」と表現している。「劇的な治癒」を夢想して多くの治療法を「さまよう」から「ワンダリング」なのだが、察するところ「脱線する」「脇道《わきみち》にそれる」「混乱する」のトーンの方が強いようである。「放心する」というニュアンスもある。救いをもとめて、放心しつつブラウン運動を重ねるのである。痛ましく思うものの、やはりひとごとではない。

そんな先の見えない痛苦のさなかの九三年六月、夏樹静子は症状の記録を書いた。本書の前半部分の骨格は、そのときの冷静な、執拗《しつよう》とさえいえる疼痛《とうつう》観察からなっている。書きぶりはいかにも作家である。宿命のごとき表現者である。

夏樹静子のキャリアは長い。六〇年の江戸川乱歩賞に応募したときは、まだ慶大三年生だった。最後の一作まで残ったが、この年は「該当作なし」で終った。しかし乱歩賞の一次選考委員だった大学の先輩のNHK職員がテレビドラマの執筆を勧め、翌年から「私だけが知っている」の脚本を書いた。前半は生放送の推理劇、後半も生放送で「探偵」役の著名人が謎解《なぞと》きと犯人探しに挑戦するという趣向の、当時の人気番組である。彼女は二十二歳から多忙の人となった。

六三年の結婚を機に作家稼業を一時廃して福岡に住んだ。しかし、どうしても主婦だけではおさまりきらなかった。創作意欲もだしがたく、再び作品を発表しはじめたのは六九年、第二子の出産のその前後であった。

家庭経営と創作の両立という困難を克服させたものは、穏やかな美貌の下にひそめられた並みはずれて強い闘志と向上心であった。

しかし、それに挑むかのように仕事の依頼はひきもきらない。使い終った歯磨きのチューブの蓋《ふた》はきちんと締めず、熱いものを急いで食べては口のなかを始終火傷《やけど》していたのは、もともとのせっかちな性格のみによらず、〝雑事〟に注ぐエネルギーと時間を無意識のうちに惜しんだからである。

この間七六年には福岡から名古屋へ移り、八五年、四十六歳のとき福岡へ戻った。いずれも夫君の転勤によるのだが、夏樹静子は六〇年代前半の一時期を除いて東京に、また関西にも本拠を置かなかった数少ない作家のひとりであった。

多作多産はこの人の持ち前の気質と、そこに発する仕事に臨む態度がもたらした必然であった。負けん気が強く完全主義者である。気短かなのに集中力に富んでいる。向上心は抑えきれず、書きたいことはつぎからつぎへと湧《わ》く。休むひまのあるわけがない。怒濤《どとう》のなかをくぐるような日々がつづいた。

その反動なのか八六年には腸閉塞《ちょうへいそく》で開腹手術を受けた。七三年には卵巣囊腫《のうしゅ》でやはり手術しているし、ふたりの子供はいずれも帝王切開でとりあげた。四十代後半までに四度も開腹したのは一途《いちず》な作家生活の勲章ともいえるが、とにかく傷だらけなのである。

孤独な座業だからこそ身心の健康には気を配った。

八〇年にはゴルフをはじめた。八五年からは囲碁を習った。ゴルフは「天才的にヘタ」という段階にとどまったが、碁は熱心さが奏功して上達した。五十歳を目前にして経験したしつこい目の痛みをむしろ奇貨として、黒白ではなく緑の濃淡で区別する「グリーン碁石」を自ら開発、普及させた。なにごともゆるがせにしない、あるいはゆるがせにできない性分なのである。だから筋肉の衰えが腰痛の原因ではないかといわれれば、水中歩行に精力を注ぎ、根のつめすぎ仕事のしすぎがよくないといわれれば、〝根性を入れてリラックス〟するのである。

それにしても、硬膜外ブロックでさえ消すことのできない痛みとはなにか。どこをどう探しても器質的な疾患が見つからない以上、「心因性」としか考えられない。

実は、治療彷徨《ほうこう》のさなかにあった九三年暮れの段階で、すでに神経内科で心因性の疑いを指摘されていた。九四年一月には精神科医が「疾病逃避《しっぺい》」という言葉を使っている。だが本人は信じない。これほどの痛みが器質的疾患なしに出現するはずはない。ことに部位は腰なのである。

心因性と見きわめて「心身症」の診断をくだしたのは、夫と物故した知人の共通の友である心療内科医であった。「心身症」は胃や心臓にだけ出るのではない。どこに、どんなかたちで出ても不思議ではない。人間とは不可解な生きものなのである。

経験を積んだ心療内科医はこういった。

夏樹静子（筆名）という作家の存在を出光静子（本名）が支えきれなくなった。身体を支えるべき腰にひどい疼痛が生じたのは、まさに事態そのものを表現している。第一線での四半世紀、大学時代に第一作を書いてからなら三十六年、長大な時の流れを間断なく満たしつづけてきた緊張感に、ものいわぬ深層水のごとき意識が鋭い悲鳴をあげている。「疾病逃避」の典型ではないか。

しかし夏樹静子の「本能と直感」は「ＮＯ」と叫ぶ。たしかに仕事は楽ではない。だが、いつも書きたくて書いている。ストレスなどあるはずもない。向上心に富んだ明るい性格の自分に、「疾病逃避」はもっとも遠い言葉だ。

読者は読みつぎながらも薄々犯人を察知している。「潜在意識」、それしかなかろうと思っている。

しかし症状がひどすぎる。仕事に対する著者の一途さと完璧主義にはいささかの危《き》惧《ぐ》の念を覚えはするものの、潜在意識がこれほどまでの苦しみを、あるいは生存さえ脅《おびや》かす痛みをもたらすものかと、著者自身とおなじく半信半疑である。

夏樹静子は医師の強い勧めに、やや不承不承ながら応じて、戦中戦後の十年近くをすごした熱海の病院に入院する。そしてそこでの、潜在意識の悲鳴と直接に向きあう十二日間の絶食療法によって、三年間の地獄の痛苦が、体に「指一本触れられずに」軽快し消失する。恐るべきことだ。絶食療法も恐るべきだが、潜在意識のなしたことこそが恐ろしい。「心」は、潜在意識の深い海に浮かんでいるにすぎない。本人が「本能」と思い、心の奥からきざした「直感」と信じるものさえ、潜在意識にはなんら届いていないのである。

完治したのちも夏樹静子のとまどいはつづくが、それは読者もかわらない。自分のなかに見知らぬもうひとりのヒトが住んでいると思えば、ただただこわい。『腰痛放浪記　椅子がこわい』から私たちが受け取る、本質に触れる「こわさ」の根はそこにある。

夏樹静子の症状は九六年三月、寛解した。作家夏樹静子の葬式を出し、以後は一私人出光静子として生きる覚悟を決めた著者だが、症状の改善は著しいし、ともかくそれが潜在意識のなせるわざであったと認識し得たのであるからと、一時休筆ののちに仕事を再開した。以来、痛みは去って久しい。

今後も作家人生をつづけ、仕事熱心にして完璧さを追求してやまない彼女に、再び闇《やみ》の奥のもうひとりのヒトが、なにごとかを劇的に訴えないでもない。だがその場合でも、潜在意識の実力を知悉《ちしつ》した彼女はもはや昔の彼女ではないであろう。その発する信号に耳を傾ける準備が整っているであろう。性格はかわらない。しかしかえる必要もないのである。

夏樹静子の性格には時代精神と呼ぶべきなにものかも関与していると私は思う。「戦後」時代に人となり、高度経済成長のさなかに仕事を通じて社会とわたりあいはじめた彼女に刻印を打った時代精神こそ「向上心」であった。多忙さを喜びとする心の持ちようであった。

東西冷戦が終り、経済成長と消費拡大の時代相が内向と保守の時代相へと転換した九三年に発症したのは、夏樹静子自身の加齢と、それにともなう耐性破断のみによらず、社会史的に見ても象徴的であった。同時代を生きた人々はみな同条件にあるから、「ひとごとではない」という強い危機感は共有されるのである。

もっとも犯人らしくないものが犯人であった。というより、作家自身が構想からあらかじめ除外していたものが犯人であり、結果、作家自身の手に負えない作品がそこに生じたという意味で、この『腰痛放浪記　椅子がこわい』は最高の推理小説である。

本格推理ならぬ本質推理小説と呼ぶべきか。

しかしこの犯人は作者が生きる限り生きつづけるのである。罰せられず恥じもせず、また犯行を解明されても敗北をみとめないのである。そう考えると、「こわさ」はさらにつのりもするが、この不滅の犯人と共存していくほかに道はなさそうである。それが人間のつとめであり宿命なのであろう。

（平成十五年六月、作家）

この作品は平成九年六月文藝春秋より単行本として刊行され、その後平成十二年六月文春文庫として刊行された、『椅子がこわい　私の腰痛放浪記』を改題した。

NHK「東海村臨界事故」取材班

朽ちていった命
—被曝治療83日間の記録—

大量の放射線を浴びた瞬間から、彼の体は壊れていった。再生をやめ次第に朽ちていく命と、前例なき治療を続ける医者たちの苦悩。

NHKスペシャル取材班著

日本海軍400時間の証言
—軍令部・参謀たちが語った敗戦—

開戦の真相、特攻への道、戦犯裁判。「海軍反省会」録音に刻まれた肉声から、海軍、そして日本組織の本質的な問題点が浮かび上がる。

谷川俊太郎著

夜のミッキー・マウス

詩人はいつも宇宙に恋をしている——彩り豊かな三〇篇を堪能できる、待望の文庫版詩集。文庫のための書下ろし「闇の豊かさ」も収録。

谷川俊太郎著

ひとり暮らし

どうせなら陽気に老いたい——。暮らしのなかでふと思いを馳せる父と母、恋の味わい。詩人のありのままの日常を綴った名エッセイ。

谷川俊太郎著

ベージュ

弱冠18歳で詩人は産声を上げ、以来70余年、谷川俊太郎の詩は私たちと共に在り続ける——。長い道のりを経て結実した珠玉の31篇。

谷川俊太郎著

さよならは仮のことば
—谷川俊太郎詩集—

代表作「生きる」から隠れた名篇まで。70年にわたって最前線を走り続ける国民的詩人の、珠玉を味わう決定版。新潮文庫オリジナル！

谷川俊太郎
尾崎真理子著
詩人なんて呼ばれて

詩人になろうなんて、まるで考えていなかった――。長期間に亘る入念なインタビューによって浮かび上がる詩人・谷川俊太郎の素顔。

黒柳徹子著
トットの欠落帖

自分だけの才能を見つけようとあらゆる事に努力挑戦したトットのレッテル「欠落人間」。いま噂の魅惑の欠落ぶりを自ら正しく伝える。

黒柳徹子著
小さいときから考えてきたこと

小さいときからまっすぐで、いまも女優、ユニセフ親善大使として大勢の「かけがえのない人々」と出会うトットの私的愛情エッセイ。

黒柳徹子著
小さいころに置いてきたもの

好奇心溢れる著者の面白エピソードの数々。そして、『窓ぎわのトットちゃん』に書けなかった「秘密」と思い出を綴ったエッセイ。

黒柳徹子著
トットひとり

森繁久彌、向田邦子、渥美清、沢村貞子……大好きな人たちとの交流と別れを綴った珠玉のメモワール！　永六輔への弔辞を全文収録。

太田和彦著
居酒屋百名山

北海道から沖縄まで、日本全国の居酒屋を訪ねて選りすぐったベスト100。居酒屋探求20余年の集大成となる百名店の百物語。

大津秀一著
死ぬときに後悔すること25
死を目前にした末期患者の後悔から「生き方」を学ぶ――。緩和医療医が1000人を超える患者の「やり残したこと」を25に集約。

遠藤周作著
人生の踏絵
もっと、人生を強く抱きしめなさい――。不朽の名作『沈黙』創作秘話をはじめ、文学と宗教、人生の奥深さを縦横に語った名講演録。

河合隼雄著
働きざかりの心理学
「働くこと=生きること」働く人であれば誰しもが直面する人生の"見えざる危機"を心身両面から分析。繰り返し読みたい心のカルテ。

河合隼雄ほか著
こころの声を聴く
―河合隼雄対話集―
山田太一、安部公房、谷川俊太郎、白洲正子、沢村貞子、遠藤周作、多田富雄、富岡多恵子、村上春樹、毛利子来氏との著書をめぐる対話集。

河合隼雄著
こころの処方箋
「耐える」だけが精神力ではない、「理解ある親」をもつ子はたまらない――など、疲弊した心に、真の勇気を起こし秘策を生みだす55章。

河合隼雄著
こころの読書教室
「面白い本」には深いわけがある――カフカ、漱石から村上春樹まで、著者が厳選した二十冊を読み解き、人間の心の深層に迫る好著!

腰痛放浪記《ようつうほうろうき》 椅子《いす》がこわい

新潮文庫　な - 18 - 10

平成十五年八月一日発行
令和七年一月二十五日九刷

著者　夏《なつ》樹《き》静《しず》子《こ》

発行者　佐藤隆信
発行所　株式会社新潮社
郵便番号　一六二―八七一一
東京都新宿区矢来町七一
電話　編集部(〇三)三二六六―五四四〇
　　　読者係(〇三)三二六六―五一一一
https://www.shinchosha.co.jp

価格はカバーに表示してあります。
乱丁・落丁本は、ご面倒ですが小社読者係宛ご送付ください。送料小社負担にてお取替えいたします。

印刷・錦明印刷株式会社　製本・株式会社大進堂

ISBN978-4-10-144310-2 C0195